時間會告訴我的

薇達
散文集

目次

輯一　靜靜的生活

輯一　當初只道尋常

輯二　異地書簡

輯一

靜靜的生活

【也不是沒有奮力追尋，也不是沒有成長反省，也不是沒有在跌倒之後勇敢的站起來繼續前行。

可是愛情從來都是一件由不得自己的事情。】

有關靜靜的生活

返家的黃昏大雨滂沱，困在捷運站許久，雨一點都沒有變小的趨勢。索性抱緊背包走入雨中。腳步不急不緩，任雨打濕。

回到家洗好澡，煮一碗麵，燒熱水泡茶。馬克杯中霧氣裊裊上升，窗外雨點滴滴答答打在屋頂上很響亮。閃電打雷，用力的劈在天空中城市上方。

電視上播放新聞，化著大濃妝的主播用奇怪的語調嚴肅的念著新聞。把音量調成無聲。打開電腦看電影，抽一根煙。

就這樣一個人靜靜的生活。這個世界這個城市裡不知多少人和我一樣，每天都如此靜靜的生活，也許偶爾朋友來陪，熱熱鬧鬧過了幾個小時或者一夜。但是大部份時候還是靜靜與自己相守。偶爾忽然感受到強烈的寂寞。寂寞已經尋常已經像行車時輪胎日復一日滑過路面忘記馬路的臉。

那麼尋常，卻又那麼無奈。

某夜他傳來越洋簡訊：原來寂寞真的可以腐蝕一個人的心。我從睡眠中醒來全部模糊的意識一起清醒，握著手機不曉得該給他什麼回應。

而我只是放下手機，望著天花板上的風扇嗃咑嗃咑的旋轉。然後不知隔了多久再睡去。

關於那些曾造成自己寂寞的人、事、物，在他們寂寞的時候捎來消息，只是推妳入回憶的黑洞衍生無限的感觸。為什麼他們永遠不懂，許多時候，事情結束之後，沉默是最好的溫柔。

我真的還不夠強壯。每當回憶過境時，仍忍不住跌了幾個踉蹌。也許我年紀大點就能釋然。但十二歲時我也是這樣對自己講。我想強壯與回憶一樣是隨著年歲堆積又堆積起來的，會不會八十歲時，我依然流著淚這樣對自己講。

曾合作過的模特兒伊琳，她提到自己有次獨自搭車回家，委屈得紅了雙眼。溫室小花到底是幸福或者不幸，其前因後果只是因為各擇其所。

如果所有女人都是花。我想我近似仙人掌。環境及遭遇使我懂得保護自己，能不屈不撓的生活在沙漠中。沙漠中偶爾有駱駝及旅人經過，禿鷹橫飛，沙中有流沙有風呼嘯過。這些我都知道我都經歷過我都接受。

但是給我太多的曝曬完全不給水份我又會乾涸而死。因為我是人有血有肉有感受。所以我需要愛，需要關懷，需要陪伴。

所以，常常我還會想有一個人在身邊。早上一起吃早餐，他知道我喝濃咖啡不加糖我知道他喜歡吃半生熟的雞蛋。有時吻別之後各自去上班有時睡晚了驚慌失措的打點一切衝出門然後誰給誰送鑰匙或文件。晚上我敷面膜看書，他用他的電腦，被忽略的電視負責製造聲響。週末帶狗去沙灘，買爆米花看電影。很累的時候賴在沙發上不特別攀談。

腦海中偶爾會浮現這些畫面。想像的情節中總是灑下陽光，空氣中有花香。只是靜靜的陪伴，交換一個會心的眼神。然後想到對方心裡暖暖。

關於想像就是偶爾在睡前。或者，稍感寂寞時。雖然常常想著想著覺得更寂寞。我不讓自己深陷，因為知道渴望能把一顆心完全腐蝕，之後多可憐。

於是，繼續靜靜的生活，直到也許在那某日，日子會有的變化。

活該的寂寞

亦舒短篇小說〈男友〉中有那麼一段，女主角久久未有男友，身邊親友都為她著急想為她牽線。她懶懶的蠻不在乎，好友咪咪問她：「週末你幹什麼？」女主角回答：「與同事吃午飯，然後逛公司。」

「多無聊。」咪咪說：「你多久沒穿跳舞裙子了？那麼一付好身材，白白的浪費掉。多久沒到淺水灣酒店看影樹走沙灘？多久沒到一個好的法國餐廳吃燭光晚餐？多久沒有人向你低低的說『你今天真美？』多久——」

女主角笑著接下去：「多久沒收到花束糖果了？多久沒人輕輕的撫摸我的頭髮了……別再說下去，我都快哭了。」咪咪咒她：「你這個人活該寂寞！」

短短一段對話，精妙寫實，看了多會心。雖然故事的最後，女主角依然遇到真命天子，但亦舒的小說總是這樣，當女主角不再追尋，合心意的男子將會出現。讀者看完然後笑一笑，奇蹟只發生在小說裡，闔上書，回到現實。

其實我相信奇蹟。我想我們都應該相信奇蹟，只是同時應該有一個認知：奇蹟大多數時候不會發生在自己身上。如我們聽說的誰多年的守候終於得償眷屬，誰歷盡艱辛尋獲幸福，誰如何誰又如何——我們聽說也親眼見過，只是自己不太遇過。坦白說我現在希望出現的奇蹟其實極度微不足道卻又實際：工作順利——是的，工作順利是很大的奇蹟，職場若不刀光劍影就是乏味無趣。另外就是在跳舞上突飛猛進，這樣而已，但那也需要靠很多很多的練習。所以呵，若瞬間抵達超高水平則真的是奇蹟啊，以我這般拙劣資質來說。

小潘曾在即時通訊軟體上跟我說：「我覺得妳該停止一些手上的動作。例如跳舞、例如閱讀。妳完全沉浸在裡面，完全與這個世界脫節，這樣是不對的。」不等我的回應他就說了再見然後下線。我關掉視窗，笑一笑。想起過去他竭力對我好，我總是把跳舞及閱讀放在第一優先：我想看完這本書，先不要跟我說話；今晚不想出去明天要早起跑步；明晚要跳騷莎，星期三晚上有探戈舞會，星期四要練習，下週末有表演，兩個星期後的星期五有兩個小時可以吃晚餐……諸如此類的不斷把他的邀約拒絕或往後推，狠狠傷了他的自尊。咪咪那句詛咒可以套在我身上：「你這個人活該寂寞！」

而我寂寞嗎，好問題呢。怎麼去定義寂寞呢，寂寞是不是光鮮亮麗的外表下，其實每天晚上抵家面對四面牆，習慣性的開瓶酒喝上幾杯。寂寞是不是聽情歌會掉眼淚，看見別人的圓滿會感傷。寂寞是不是寧願待在家看肥皂劇也不要跟無聊男子約會。

寂寞是不是會常常忽然發起呆來。寂寞是不是獨自去旅行，心裡依然有想要和別人分享眼前的美景迎面而來的卻是空氣的嘆息。寂寞是不是會偶爾跟誰回家去，做幾場沒什麼感情的愛，臣服於被觸摸擁抱的慾望。寂寞是不是半夜醒來再也睡不著於是漫無目的的凝視自己的藏書及唱片。寂寞是不是忽然會站在人潮擁擠的街頭然後有想要放聲大哭的衝動。

寂寞是不是會蹲在街燈下跟流浪貓流浪狗玩耍然後說很久很久的話。寂寞是不是生病時特別脆弱，忽然想好像有一個能照顧自己的人也不錯。寂寞是不是打開電腦沒有人寫電郵給自己安安靜靜然後覺得正常。寂寞是不是嘗試去和別人溝通然後感到空洞。

寂寞是不是在夜間安安靜靜的卸妝，看見自己臉上的皺紋，想到自己不再青春，逐漸老了，卻還是孑然一身。寂寞是不是懂得如何讓自己快樂懂得過了頭。寂寞是不是不斷告訴自己要勇敢堅強的面對任何事情。寂寞是不是不斷告訴自己要抵擋誘惑。寂寞是不是不斷告訴自己別焦躁。寂寞是不是不斷告訴自己要停止羨慕。寂寞是不是不斷告訴自己要以別人的經歷為前車之鑒。寂寞是不是不斷告訴自己不要哭要微笑。寂寞是不是不斷告訴自己一個人並沒有不好。寂寞是不是在不斷告訴自己一些什麼。

寂寞是不是別人說自己越來越美麗自己卻越來越孤寂。寂寞是不是還會退縮因為害怕新傷痕。寂寞是不是像萬芳唱的：「我看見快樂在對我笑／像風飄搖／我卻要不了」。

好吧，偶爾我的確寂寞得快死掉。但那又如何呢。

坦白說對於小潘以及其他掉頭而去的男子，我從來不怪他們。我想小潘的建議是可以參考的。只是我和他屬於不一樣的個體，沒有誰比誰好。他的世界，他那所謂開闊的世界，有很多朋友，很多問候，很多交流，很多很多人事物。我不曉得是他們習慣了那種多，或者他們需要那種多。這個世界的確大，卻不見得可以把所有人容納。擠不進、或曾嘗試然後放棄、或從來久沒想擠進去的，就選擇退到邊緣，自己給自己的心築一個小小空間，需要時就去有人的地方撿拾一些溫暖及人的氣息如小鳥撿拾餅乾屑，很輕很輕。

所以，我的世界是很封閉又很微小的，也許除了跳舞及閱讀，還有一些寫作，就什麼都沒有了。餘下的情緒，因為微小反而顯得安靜。小小空間依然有天災人禍，有時是出於自省，有時是所有微小情緒撞擊在一起產生的大氣流。讓眼睛下一場雨，醒來又見晴朗。

是否記得寂寞初臨時那麼洶湧如不斷打來的海潮，泳技再好也全然無能為力，或是直接放棄求生。你將昏厥了過去，睜開眼睛，有些什麼已經死了，另一些什麼因此得以活著。立起身體，死了的那部份讓自己在水面上行走。反正都已經死在寂寞汪洋裡，化身水鬼，再也不怕水。

而我如今的寂寞，是不是。寂寞是不是，我依然渴望有一天，你會走進我的小小空間，我們在我的小小空間或你把我帶到你的小小空間我們一起生活。寂寞是不是，我必須壓抑渴望。寂寞是不是無論我再如何壓抑卻依然渴望有一天你會走進我的小小空間，我們在我的小小空間或你把我帶到你的小小空間，我們一起生活。

你在哪裡呢。可不可以給我一個奇蹟，可不可以來到我的寂寞裡。

自自然然，回歸孤寂

影集《艾莉的異想世界》裡，有個女子從九歲開始，就不斷寫信給一個不存在的人。她為那個人取名，能說出那個人長什麼樣，喜歡什麼討厭什麼，對某件事有什麼想法。她結婚十一年的先生發現那些信件之後，以欺詐罪名起訴她。

影集中艾莉在處理這件案子時，曾問公司裡的所有女子：有沒有這個可能，我們能嫁給自己夢寐以求的男子？

那些漂亮、時髦、能幹的女子停頓了一下，攤開雙手沒有回答。妳看那麼殘酷的，大家心裡都覺得不可能。卻不敢說出這個不可能。彷彿只要不說就還有一點可能。

所以圓滿結局的童話需要存在。不斷又不斷的被流傳。它負責提醒我們這世界上仍有希望，仍有美滿的故事。

事實上也真的有的。我們出席婚禮，看到別人交換永恆的誓約仍感覺溫暖。聽自己的好友甜蜜訴說有關她或他的新戀情，嘴上雖然不斷調侃，仍衷心為她或他感到開心。

我們都喜歡看美麗的故事、美好的結局。看了接觸了，成為孤單生活中的一種安慰。睡前想一想，嘴角帶著笑容緩緩睡去。次日醒來又多了一點面對生活的勇氣。

而關於對夢寐以求的人的追尋，下場往往是玉石俱焚。小美人魚就是一個最好的示範。

溺水過的人都會害怕河湖海，日子久了陰影逐漸淡去，開始敢在淺灘徘徊、戲水，卻從不靠近水深之處。就如愛過、痛過之後，我們輕輕的愛。不再不顧一切的愛。看情況來判斷該不該要不要愛。

或在自己的世界裡，安靜期待、渴望一份愛。

曾經很長的一段時間，如影集中那女子一般，我一直給一個不存在的人寫信。許多話我不知道該向誰說，許多話只想向最親密的情人說。於是在他出現之前，我想像著他在。我想像著我能並且正在對他說。

那些日子我在深夜開燈開著電視機開著音響開著電腦，在小房間裡拼命製造聲響。害怕黑夜害怕安靜。甚至害怕發呆，這樣會提醒自己我其實被寂寞圍繞。

越努力追尋，就越無法所願得嘗。越努力讓自己快樂，快樂就越易碎。高分貝的情緒以何種激烈姿態在空氣中旋轉，也將加倍加速化成水蒸氣逃逸無形。當一顆心回復原先的空位，卻由於經歷用力壓抑熱烈給予不斷汲取，更能清楚感受被消聲匿跡的那些壓榨之後掏空的痛。

一次一次。一再一再。門開了又關，關了又開，有時還咿咿呀呀的不開不關在風中作響讓人心煩，索性鎖上。北京友人小七說：我們總不能要求王子或者英雄都看不到白頭吧。他們會累死，我也會，會厭煩而死。

於是不再留戀什麼，雖然也會覺得自己少了什麼。

所以回到自己，靜靜的生活，或思考靜靜生活的方式，以及其他。靜下來的生活讓自己慢慢看清楚自己，也慢慢可以面對自己。慢慢的平息，連悲傷憤怒失望都是慢慢的，慢慢的醞釀起來爆炸再慢慢的消散。不曉得是好事還是壞事。一切都那麼慢慢的，也或許是，自己已經沒有快速奔跑的力氣。

就像偶爾經過投注站或賭場，興起小小玩幾手輸了不礙事。樂透次次有人中頭多哇一聲表示祝賀共歡。有沒有一個人，在盡頭迎接自己，或者類似的場景。那些已經是一點都不重要的事情了。

如果你恰好路過並閱讀這一場自省

西蒙寫信來說他豁然開朗了。一個曾經說會愛我一輩子的男子。

愛一個人時，總會情不自禁的告訴對方我愛你，我愛你一輩子。而事實上，一輩子往往只是一瞬間——在你說我會愛你一輩子的那一瞬間——那一瞬間，你真的以為自己會愛對方一輩子，也願意愛對方一輩子。

低估了命運的多變，高估了時間的保鮮。我們不斷在輸給自己，輸給時間。

我非常明白豁然開朗的意思。眼前的陰霾忽然散開，心頭的結忽然打開，忽然明白有些事情再努力也沒用，有些守候再堅持也是徒然，有些哀傷再擁抱只是折磨。

我是為他感到高興的。他終於做出決定，一個對自己好的決定。對自己好一點，不要再執著於一個不值得的人。

是的我不值得。

我不能給他什麼。我知道他想要什麼，他想要一個家庭，一段穩定的感情，一段有回應的關係。我能給他的，只是目睹我無止盡的漂泊，他必須沉默的等候，然後時不時得到我興起更新一些近況。

被一個真心對待自己的人放棄，不是不難過的。跟香港好友老皮提起這件事，忽然掩著臉，心口發疼。老皮老皮，我忽然覺得自己是一無所有的。然後覺得自己是無病呻吟的乖乖閉嘴。

老皮溫婉的回應：妳並不是一無所有的。

我微笑。老皮知道我知道，我知道自己也知道。

擁有與缺乏的感覺總是無法被公平對待，缺乏的感覺容易被放大，彷彿一個黑洞般把人吸附進哀傷中。

曾跟同事安生談起我的童年的被忽略。從小我都很清楚知道我要做什麼，我要唸什麼學校、什麼科系，喜歡什麼、討厭什麼，然後很激烈的去執行。然而長大後我卻開始思考，到底是個性造就經歷或者經歷造就個性。到底是我天生就知道自己要做什麼，或是因為沒人在我面前點燈所以我的生存意志告訴我必須自救。

與我家人熟稔的安生說，妳母親一直明白妳身上這種不顧一切的力量，妳會不顧一切的飛向想要的東西想去的地方，不管必須經歷多少苦難。而妳妹妹不一樣，妳妹妹只是很單純的想要被呵護被照顧。所以她得到她想要的關注，妳得到妳想要的自由。

是呵，妹妹得到她想要的關注，我得到我想要的自由。但心內總是有聲音小小聲在說，我也想要關注。雖然我也想要關注，卻知道這個世界並不完美，我們無法得到全部，我們都無法得到太多。於是我繼續選擇自由。

我並不知道自己會不會比較快樂。但這是我想要的。多麼諷刺，妳想要的東西，往往不見得能讓自己快樂。

生命中的很多事情，例如愛情都是如此吧。必須選擇。妳選擇什麼妳得到什麼，上帝不見得非常公平但也不至於太偏心。我想。

我和老皮通的電郵裡，有很多快樂有很多恐懼，有很大量無意識的哭訴，也有很大量很理智的自省。曾提過某個法文老師對我說：愛情壓在妳的翅膀上，讓妳無法飛翔。然後她學起羅密歐與朱麗葉的台詞：放下愛情吧，它又不是手，既不是腳，為著自由的緣故，拋棄它吧！我輕輕回應：是呵，它又不是手，既不是腳。但它是我心上的一塊肉。

也寫過我清楚知道自己，想要的不是愛情，不是婚姻。是有關生命的更多，更不同，更寬廣、其他層次的體驗及追尋。把自己放在愛情的格局裡，只是一種拘禁。

有時我喝醉了會忽然問心知他們愛我的人，「你還愛著我嗎？」偶爾我會想自己身為人妻人母的模樣。我還未能鐵石心腸的堅強，孤單狂潮來襲時還得舉起雙手投降。而當我閉上眼再睜開，眼前晴朗星空，或萬里無雲。我深呼吸，前行或睡去。繼續腳步或休息，我需要很多體力及清醒。

如果只是為了一時的快樂，我以後將面臨更巨大的不快樂。

每一次堅強脆弱，每一次模糊分明，每一次選擇改變，每一次堅持放棄，都是我都是我。我知道我自己，我還在陶造我想要成為的那個自己。

如果你只是恰好路過並閱讀這一場自省。今日我城陽光普照，你那邊如何呢？

請你，別帶我走。

年前小孟捎來電子郵件，說在河南大地奔走，從開封到了鄭州，又到了南陽。寧西鐵路已經貫通，從西安到南京，以後漂流可是相當的方便呢。雪後的麥子都綠了，中原大地，一片蒼茫。

在向陽的窗前給垂死的盆栽灑一點水，想起這封未回的電郵。也想起好幾個工作失意、受了委屈的夜裡，在越洋電話中對小孟哭喊：帶我走，帶我離開這裡。

哭累了掛電話，第二天起床又是一條好漢，如常工作，偶爾旅行。某一個微寒深夜，小孟傳訊來說：我真的很想帶妳走，但我們能上哪裡去呢。

好像過時電影的老套情節，兩個罪犯遭各方追緝亡命天涯，在被重重包圍以後，握著雙手彼此悽楚微笑：我們已經無處可去了，然後等待必然的毀滅結局。我笑了一下又哀傷起來，眼前浮現自己飾演的女逃犯腦袋被槍管轟爆，腦漿四濺。砰，好像開出一朵花，煞是美麗。

怎麼回事呢。這世界那麼大，但無處可去的感覺那麼頻繁，那麼強烈。

幾年前在一篇名叫〈綠色的夏〉的小說裡那樣寫：「我所生存的世界不容許這種自然。我對克萊兒說。那個世界，那個正常的世界，不能自毀，不能自虐，不能停滯不前，不能嘆息生命之灰暗，不能墜落哀傷之深谷，不能沉溺絕望之汪洋……生命像放置在整齊劃一格子裡的跑步機，大家以類似的步伐前進，分享著類似寧靜而美麗的風景。雖不見得能一直欣喜平安，但漸漸就會習慣，必須活在這些設限中，才能感到安全。」

那篇小說紀錄了年少時一次任性的旅行，幾個陌生舞者在波蘭的小酒館撿到我，邀我一起前往愛沙尼亞。愛沙尼亞，一個我只在國中地理課上聽到的小國家，還得要他們在紙上把拼音寫出來我才了解他們在說甚麼。但還是跟隨他們去了，只需要一張火車票。他們說的，「只需要一張火車票」。

那一次的旅程，有很多好玩的事情，有很多難堪的事情，有些陽光，有些黑暗，有些藥物，有些性，有些愛，有些受傷，有些獲得。在時光過去拼湊起來，我知道自己當初有多麼不顧後果，也知道自己有多麼僥倖。《恐怖旅舍第二站》裡頭的女子們就是這樣丟了性命，「只需要一張火車票」，身首異處。

撇開僥倖小的知錯了等話題或自省，這些年來，我是很清楚的，我是可以帶我自己走的，再把自己帶回來。同時這些年來的經歷告訴我，即使有一個人說我要帶妳走，妳並不能難保途中會發生甚麼事情，也許出現了讓他更想攜帶離開的女孩，於是滿懷歉疚向妳說再見。更甚者後悔了落荒而逃，無交無代將妳留在不知名之境，叫天不應叫地不靈，心寒之際還得面對前景未明可怕未知，多麼無助。當然如果妳夠勇敢，這可以成為妳單獨的冒險。但是萬一，妳就在當下崩潰，一厥不振了呢。

太多萬一了，不怕想得太多，只怕想得不夠多。

國中二年級搭夜車上山，司機放著許美靜的專輯。我聽著聽著沉沉睡去，醒來時許美靜在唱著「帶我離開這裡，到一個被遺忘的小鎮，我只想靜靜的和你相愛一生」。這首歌是當時新傳媒電視劇《豆腐街》的片尾曲，大結局的尾巴許美靜的歌聲中，昔日新傳媒玉女許美珍飾演的童養媳，穿上自己當初的嫁衣，坐在梳妝台前看著自己老去的臉容。鏡頭跳到火車站，她那已經成年，必須履行丈夫義務的年輕老公，拿著她親手買給他，及許美靜客串演出的小女朋友的火車票，準備私奔。

我從座位起身探視周圍。全車的乘客都在睡眠中，完全漆黑的公路上路邊的樹在倒退，天空沒有星星。

不知怎的，總是記得那深夜，自己聽到一首歌然後醒來，還未曾發生太多的安靜如昔。也總會在類似的安靜深夜，想起那深夜，對照著這些年來許多人許多事轉身變滄海，僅存的僅剩的，依然是自己聽到一首歌然後醒來，的那種假設安靜如昔。

漸漸的，就在這種安靜裡面感到安全，感到自在，感到平靜，如放一葉扁舟漂浮在淺灘。我知道自己能力的極限，不會讓自己遠離人群太久、太遠，也不會讓自己處於人群裡太久，太親密。一定程度的距離是，每一種關係的一種必須。

所以這些年來，當累極倦極，偶爾渴望有那麼一個人，穿越人群如同穿越千山萬水來只為同我說：妳跟我走。偶爾衍生這樣的念頭，只不過因為殘存的浪漫想像，只不過因為內心乾涸投射的提醒。提醒身體裡面的另一個我，得跑出來透氣。那個我會扁起嘴說，我也是一個女子，也會想要放下全身的武裝，想要卸下支離破碎的靈魂，想要丟掉每日集合起來用來對抗生活難題的力量，化身柔順無助的小貓，只需睜大眼睛微笑看見眼前有人為我揚帆。哈，多麼美好。

長久掌控身體的那個我則會回應，是呵，多麼美好。但凡事的確需要付出代價，妳若把槳交在別人手上，就得接受別人的指令，別人帶妳前往的即使妳並不認同的方向。同時妳也必須給予別人絕對的信任，並且有足夠的度量在別人毀約時不要哭天喊地。並且妳要知道，妳的心就是妳的槳，能帶妳前往沙漠汪洋，並沒有任何人有那個權利可以讓妳擱淺把妳溺斃，妳也許知道有些後果需要承擔，但承擔不是想像中那麼簡單。

美好歸美好，若已經能自行負擔經濟，而那人不能讓妳心跳不息，又不能給妳快樂，何必傾盡所有只為片刻相守呢。我想了想，又補上一句。

那個我將久久無語。她不會反駁，沉默是她與我之間最好的對話。她知道我已經知道，凡事都得付出代價，於是所有我愛過或愛過我的男子女子，卻因為我對自由的渴望及安定的質疑，還有我的猶豫所導致的疏失，大部分時間則來自命運的挑釁，在不同時間點，在一個偉大的日子跟我告別或者不告而別，前進他們的旅程。

也許結婚生子，也許轉而說服另一顆比較容易確定下來的心，也許消失人海。

某年冬季在歐洲遊蕩，抵達盧森堡那日，下了該國該年入冬以來最大的一場雪。我在雪中行走，任冰打在臉上，又凍又痛，我心上臉上都漾開極快活的笑。前方有一對老夫婦挽著手，走在冰上，邊笑邊走邊摔倒，很是溫馨。我看著也笑起來，老太太回頭用法文跟我說雪地很滑，走路要小心。

我蹲下身體，拾起一把雪。再次懂得，我喜歡這樣既孤單又清楚的欣賞別人的快樂，就如我在人群裡汲取足夠的溫暖然後遠離。而別人曾經給予我的看起來適合我的快樂，我也許遇到然後錯過了，但接下來是否會再遇到又不十分重要。生命就是這樣收放起落的過程，放掉甚麼，吸收甚麼，漸漸形成怎樣的人。每回聽到別人對自己說，妳變了，駭然失笑。怎麼不變，連頭髮每日都在長長，只是你還未看到變形後的全貌。

所以當小孟傳訊來說：我真的很想帶妳走，但我們能上哪裡去呢。我能感受他的嘆息。某一些事情總需要某一些元素才會成立，但某些時候又不需要某些元素才會成立。例如愛情需要一些類似佔有的自私，但愛情又不能有太多類似佔有的自私。關係需要一些承諾，又不能有太多承諾。相伴需要有很多勇敢，但是太勇敢又讓人害怕。當沒有對方在身邊，我們依然繼續生活，繼續忙碌工作，繼續各自旅行，繼續保有似有若無的情感，繼續偶爾無聲想起對方，繼續偶有約會，繼續偶爾在經過彼此國度時有機會的話就見一面。並不消極，也不積極。

他不想放棄他的生活，我也不想。我們都清楚，放棄目前的生活前往對方的國度，對自己的未來發展並沒有好處，至少長遠看來是沒有。很多年前小孟那樣對我說：「太追求自由和性情的人，很多時候，卻忽略了生活。」爾今年近三十，我越來越了解，打穩生活根基，追逐自己的快樂，在無常人世給自己找一個舒適的位置，才是第一要緊事。我知道有人陪伴在側體貼備至是一種福份，但別人的福份臨到我身上可能將是一場大災難。如果不懂得拿捏，只能希望別人來配合。這樣是不對的。

而有時我又會想，假設有一天我頭殼壞去了，恰好有一個翻山越嶺的人來攔路，對我說出那四字真言。我當下也許感動得亂七八糟，淚流滿面的答應點頭如搗蒜。但人生永遠沒辦法像演電影一樣，即刻從跳躍到兩人浪漫悠遊山水之際。妳得先回家收拾行李，丟掉不要的東西，整理出需要的東西輕便行囊，準備搬家，處理房子車子，終結網路電話水電有線電視契約，付清所有帳單，和朋友家人話別，安置寵物如生離死別。所有的浪漫感動都將在這些瑣事裡面消失殆盡。無須等事情處理完畢，大概只要進行六分之一，我就會有所結論，啊，原來這個人的出現，是為了讓我總結清理自己的生活。然後我大概會對那個人說，抱歉，我比較想去瓦耳代丘陵，然後拉著行李頭也不回的踏上自己的旅程。

或者就這樣好了。如果有那麼一個人，我們剛好都有那麼一點喜歡對方。不如我們各自居住在世界的兩個角落，或城市的相反方向。你可以在雨季的時候出現，我們撐一把傘一直走路直到出太陽。我可以在夏天的時候帶我的高跟鞋，和你的燕尾服去聽音樂會。如果剛好有幾天重疊到的假期，我們可以找一個有海洋的地方。你會知道我想過一種涓涓小溪的生活，只因承受不起太壯大的景象，隨時滅頂，卻那麼心繫海洋，只因浪潮裡面漩渦底下那麼洶湧又那麼沉默，彷彿永遠在夢寐中。

所以你也會知道，如果我不跟你走。不是因為你沒有車，不是因為你沒有錢，不是因為你沒有才華。那僅僅只是因為：我並不需要。

我們一起浪費了一些時間

在澳門一家叫「邊度有書」的書店，從書架上拿起一本合集。翻到一篇關於一個新加坡人，寫了他在旅途中遇到的一些人，和他們度過的一些時光。我並沒把那本書買下來，如果可以，我倒是希望可以把邊度有書的招牌貓帶回家，太討人喜歡了。

放下書，我也想到自己的確在旅途中，和一些人，一起度過了一些時光。以世俗的定義來說，我與那些人一起浪費了一些時間。

其中一個和我浪費時間的香港女孩叫阿布。在巴黎。阿布剛抵法學法文不到一個月。我們在地鐵阿貝斯站認識，她向站在地圖前的我問路。我說我也要前往巴士底站，我們結伴參觀完雨果故居，在浮日廣場聊了一個下午。

問她離開香港的原因，她說香港每一處都是前未婚夫的足跡，每一步都會讓人想哭。她如今的約會對象是班上的台灣同學，叫做保羅，法文發音唸成爆。男友洋洋得意，說大家都叫我豹，哇嚎，雄壯威武。

然後她說，妳是馬來西亞人，應該會說廣東話吧。我說了幾句。她笑了，說妳廣東話的重音全都不對。我說沒關係，我沒有很在意。她又笑了，說繼續如此吧，對任何事情都不要很在意。

我回答誰不希望呢。

她還是笑，我極度羨慕她那一對深深的酒窩，彷彿裝載著很多無從說出的話。

她並沒有問我到巴黎的原因，我們也沒有交換聯絡方式，了無痕跡的像那一場會面，從來沒有發生過。

還有一個女孩名叫安娜。

安娜這個名字總是會給我一種很奇妙的時間感，大概是因為安娜瑪德蓮娜的關係。童年時妹妹常在家裡彈巴哈寫給第二任妻子，安娜瑪德蓮娜的G大調小步舞曲，節拍器滴答滴答規律如催眠。所以某個程度上來說，這首歌也等同我的午睡歌曲。

我在特里爾的跳蚤市場認識的安娜，頭髮剪得很短，染成黑藍色，越發顯得皮膚的白皙。我注意她擦了紫色的唇膏，艷麗又不失個性，心想真好，我天生一副厚唇，色澤又暗沉，乾脆直接接受真我獻醜於世，化妝從不擦唇膏。

我們在同個小攤位看中同一個音樂盒，但後來都沒有買，反而一起走一段很短的路。我給她說起中學時看過的一部香港電影，名字叫《安娜瑪德蓮娜》。故事很笨，大概就是一個你愛我我愛他他愛她的三角習題，但那時看了覺得很感人，所以後來想起來就沒那麼笨。

她說，她也看過一部香港電影，電影結尾女主角對著雪山大喊「你好嗎我很好」。我說那是岩井俊二的《情書》，是日本電影啦。她攤開雙手說抱歉，自己就是分不出東方人的輪廓，辨認語言能力也很差。

道別前她說，那個音樂盒其實我沒有特別喜歡，妳可以買下它。

我也沒有特別喜歡啊，我也攤開手。

我們有交換地址，僅給對方寄了一張明信片。她是從希臘給我寄明信片的，藍白兩色的建築物裡躺著很多貓，天啊，彷彿全世界的貓都跑到那裡去了。

後來我找到了安娜瑪德蓮娜的光碟，在深夜開了一瓶奇安提紅酒配著看看，不知怎的看著看著就睡著了。醒來時，金城武在自己寫的小說裡，下著如此的類似結論：

沒有公平，只有運氣，有人找到他的莫敏兒，有人窮一生之力也找不上，世界總是如此。

我想把安娜瑪德蓮娜的光碟寄給她，但發現自己弄丟了她的地址。

我在布魯日邂逅了另一個安娜。她是我居住民宿的女主人，身材微胖，素著臉任歲月痕跡在臉上自由呼吸。白天在布魯塞爾念博士，週末經營民宿生意。

她的住家簡單大方，有一些應有的小雜亂，有一個美麗的小花園。離開布魯日的早晨我去向她道別，她正蹲在地上整理不知名的盆栽。她說給我準備一個三明治在火車上可以吃，就轉身到廚房。我環顧著她的住家，櫃子上櫥窗中擺著她和一個男子的合照，許多和同一個男子的合照。照片中的她看得出當時還很年輕，笑容輝煌，身後風景燦爛。

但我注意她的雙手，並沒有任何指環。

男子是她唯一的情人，或者先生呢。是離開了，還是過世了。

我沒有問，如我從來不希望別人問起我什麼。許多故事如禁忌，是不能提起的歷史性傷痕。

大學最後兩年，天氣好的話，會到淡水河畔的「那年夏天寧靜的海」窩著。我總是這樣告訴所有人，那年夏天寧靜的海，有著全台北最美麗的日落。不過白襯衫男子和他的姪女，是我窩在師大路的咖啡館畫畫時遇到的。

他們坐在我的隔壁桌，小女孩任性而吵鬧，冰淇淋吃得滿嘴滿臉。男子用餐巾把冰淇淋擦掉，小女孩故意把臉弄髒，他再很有耐心的擦掉。因為順手幫小女孩撿玩具，我和白襯衫男子聊起天來。細節我不太記得，但就是一場很順暢而愉快的聊天，足以擁有讓我們保持連絡的理由。

但是他後來並沒有向我要電話。反而是淘氣的小女孩在離開前，用力的在我臉上親了一下。然後他們向我揮手說再見。

而我心裡很清楚，我們是不太可能再見了。台北無論多小，都沒我們想像得那麼小。

當然還有很多其他邂逅，無從一一記錄。

寫這篇記事的深夜，喝著來自紐西蘭的黑皮諾，聽挪威爵士女伶莎薇史蕾塔亞。

靜夜只有回憶密語。多年過去，從第一次心動到後來幾次戀愛慘淡結束，從兒時群體出遊到成年後一個人安於遠行，依然是獨自如，當初獨自來到世上。

而越是沉靜越是覺得寂寞其實越可擔待，習慣總是可以培養，堅強總是可以累積的能量。我無從知曉自己出生時哭不哭，但我知道後來所有隻身的旅程，除了沙子跑進眼睛、被打劫等一些意外驚嚇，我沒有因為寂寞或類似因素掉過甚麼眼淚。最大的懊惱，通常是在旅行間很想聽某一些歌，然後發現自己並沒有把它們放入iPod裡，失落非常，常常就這樣失落上一整段火車行程。

《現代漢語詞典》如此解釋「浪費」：對人力、財物、時間等用得不當或沒有節制。例句有：浪費金錢、浪費時光、在小事上浪費我們的精力。浪費公式為$W=A-S$，式中W代表浪費，A代表實際使用的資源，S代表應該使用的資源。

我的數理化一向不好，也聽不懂那些別人說得很棒的道理。也許我和我在旅途中邂逅的人事物，以及無關緊要的懊惱，的確一起浪費了很多時間。但不管實際使用的資源以及應該使用的資源是什麼，我自己非常清楚，我從這些浪費裡面，得出了在那些精打細算精心運用時間中，所得不到的快樂。

給我，我想要的生活

問起大學姊妹淘她們的夢想。夢想這個詞似乎太廣，又或太虛幻彷彿存在於另一個宇宙。然後我換個方式問：妳們還有什麼想做但沒做的事。

希說大概是出國去看看吧。佳說去日本留學。貝說，也是出國吧，雖然我現在在美國唸書，卻後悔了，因為很寂寞又很辛苦。

我笑一笑。她們並沒有反問有關於我。我呢我有沒有夢想呢。常常有人跟我說「妳看起來就像一個擁有一切所求所想的女子」；也常常有人跟我說「妳看起來就像一個會義無反顧去追尋一切所求所想的女子」。我常常也只能微笑，有時解釋就變成了否定，不能全然否定只好以沉默讓別人跟真相保持距離。

而到底我是不是「一個擁有一切所求所想的女子」，到底我是不是「一個會義無反顧去追尋一切所求所想的女子」。是與不是。擁有這個詞非常詭異，它在陳述一種屬於狀態。但其實沒有什麼東西是真正屬於我們的，我們只是從命運的手心裡借來一用。若說工作，失業的可能性永遠存在。若說關係，不管是愛情、親情、友情裡遇到的人，生離死別總會在某一個時間點等你。若說感受，在變故來襲可能凋零或摧毀。若說金錢，遇劫屋子進賊，銀行可能倒閉存款一夜之間化為烏有。若說健康、生命、肢體，意外無所不在。

也許可能會有人覺得我這般描寫太誇張消極。但擁有及失去一直以一種很對等的狀況存在著，只是大部份時候我們一直都忽略了這個事實，總是對擁有太在乎對失去太恐懼。我是了解了卻沒能超脫到哪裡去，只能告訴自己活著是無比驚險的一件事，要以一種玩樂而開闊的態度讓它變得有趣。好像身處一片陌生沙灘，並不知會撿拾到美麗的貝殼，或不小心碰到棘冠海星毒發身亡。怎樣都好。

怎樣都好。我還真試過走過大廈樓下差點被天外飛來的電視機砸中，在香港。趕快躲進路邊商店，還沒平靜下來緊接著掉下男女內衣褲、仙人掌盆栽、塑膠杯、枕頭、衛生棉等等，整個家能擁有的東西灑了一地。還在目瞪口呆，商店老闆說：「佢地成日係甘，成日吵成日丟，吵完落來撿，不過電視機還是第一次丟，新劇情。」老闆說畢哈哈大笑，我也笑。乏味裡偶有新意，怎樣都好，這就是生活。

所以我呢我有沒有夢想呢。曾經最想做的事情是旅行，後來真的很用力的去實踐起來。在我還未能完全離開自己所常駐的地區，薪水付完房貸車貸就全部都拿去旅行，努力書寫接案以獲得更多旅行資金。有時任性得只是一個週末，也要躲在其他國度某一個小島或小城市裡。連續數年如此下來，不再年輕不再精力充沛如往常，對於旅行的近乎焦慮的慾望也在某一層面被滿足。近幾年，旅行大部份都是有配合某個目的性，例如國際影展、例如習舞，我喜歡跳探戈時靠在陌生人懷裡感受他們身體的指令聽他們呼吸中的秘密，也喜歡在鋼管上練出許多淤青挑戰受傷挑戰有限的力氣。

但並沒有夢想成為一個頂尖的舞者。事實上在任何事情上我從來都不想成為第一名或超群，光輝讓別人去搶壓力讓別人去背，我只想享受當下給予我的歡愉，這樣而已。

我也曾夢想出版幾本書，專職寫作，有喜歡我的讀者。但後來書寫變成了生活的一部份，很習慣拿起筆就可以寫，只是寫得好或寫得爛的問題。我也曾夢想過愛情，飛蛾撲火之後發現愛情是一件不能夢想的事情，它太固執了，會來就是會來，不會來盼望到下個世紀也不會輪到你。法國詩人保羅瓦樂希寫：「實現夢想的最好方法就是清醒。」這不見得是一種幻滅，也許夢想，或者應該說擁有其可行性的夢想到最後，都將被除掉表象上的難以觸碰變得實際——更多時候，是由自己把它轉換成一種貼近生活的形態。自己並不會用「夢想成真」那麼華麗而歡樂的字眼來形容，因為除了當事人無人能知曉過程中實際付出了多少努力及血汗眼淚。

平凡三十女子如我。很堅定，也很安靜。沒有夢想，只有幾件想做的事情。

（注：標題來自雷光夏歌曲《第三十六個故事》）

另一場天晴

昇在即時通訊軟體那頭說希望我不再恨他，我說有嗎，我哪有恨過你。他說明明就有，那時妳生氣得像個小朋友。我說哪有，你不要栽贓。他說那時妳生氣得像個大嬸。

我又笑。我真的不太記得了，大概曾經很生氣吧。但是後來想想其實沒什麼生氣的理由。曾看過一部《忘情巴黎》的舊電影，不怎麼好看，跟我和昇之間的情節也沒什麼相似，只是同樣在巴黎起始也在離開巴黎以後變質。其實那段日子我是快樂的，沒什麼負擔的這樣在一個號稱世界上最美麗的城市小住。我想我最記得有關於昇，是每餐都由他做飯給我吃。呵，我總笑他如果不當電影導演的話可以去當廚師。由始至終，他從來沒給過我承諾，我也不要他一時的感觸。只是兩個寂寞的個體，在需要取暖的時刻，半誠實半隱藏的身體很貼近心卻不一定。然後就如地球自轉到背面就天黑，我們的聯結就此中斷。

後來我常把男女關係說得很淡：兩相情願，難免傷害，儘量體諒，若真抵達一個無以為繼的地步，就好好道別繼續各奔前程。人生沒有很長，不要用憎恨抱怨報復浪費時間。我想這是最理想的狀況，但人的七情六慾太強悍，只能盡己所能去實踐去面對去接受去釋放。

但我心裡也清楚同時這是很殘酷的狀況，好像什麼東西總有一天總會消逝，太隨遇而安了少了那麼一些熱血沸騰彷彿過著沒有溫度的人生。只是因為太害怕受傷了，所以漸漸把懦弱昇華為倔強，把失望轉變為看淡，姿態看起來比較好看，久而久之也真的成為了支撐一個人在冷漠世界獨自生存的力量。追根究底都一樣，只是因為不斷被澆熄的渴望，或從來沒有被重視過的真實感受。

這些年來，從我生命中丟棄得最徹底的念頭大概是「只想愛你，不管能不能擁有你」，這種愛無反顧是我大部份痛不欲生的來源，也是我一直以來在愛情裡面的盲點。曾經在日記裡那麼自省：「我太記得自己飛蛾撲火的樣子，愛得彷彿沒有明天，只要在此時此刻此地，此生可以在此地消耗殆盡，此生可以在此刻結束。而一切只是自己在催眠自己沒有明天。明天一直在眼前，時間從來沒有快轉倒退停止。明天依然會到來，會證明自己的失誤，會投影自己的悔恨，會追討自己的揮霍，會提醒自己的盲目。」

直到狠狠付出代價，才明白活在當下是不夠的。要有勇氣活在當下，就要有同等的勇氣承擔面對明天。有些快樂只是一瞬間，很多痛苦卻是永遠。

爾今愛情之於我而言，如同沒有人曉得如果夏娃回到伊甸園，會不會再受一次蛇的誘惑再吃一次分別善惡果的那般疑惑。而三十女子如我，依然想嘗試相信也許我還有一些相愛的運氣，如果沒有傷害過太多人被上帝全數收回。依然也想再度去相信好事會發生在自己身上，如果沒有因為揮霍過太多珍惜而被上帝下好事禁制令。

如果沒有，別過頭閉上眼睛，眼淚流乾之後是另一場天晴。

最簡單的

寫訊給西蒙祝生辰快樂。他回訊說謝謝，我還是可以養妳。

我笑了。早晨的陽光那麼燦爛，有別於過去幾日的陰霾。買了一杯咖啡等捷運時我靜靜想，何時該去哪裡旅行，該處又是何種天氣。雖然計劃總是不斷的變化，但知道自己的生活模式及個性也已穩定，無論在何地都不會有太大的變化。維持一定的運動量，維持一定的慵懶，維持一定的煙酒與舞，維持一定的遊蕩，維持一定的距離。

維持絕對的自主及自由。

也許我是幸福的。這些年來，遇到幾個男子，真誠善良的說要養我。同時我想也不見得非常幸福。習慣了有自己的思考，決定自己的腳步，大部份時候並不需要別人的幫助。一些寒冷的時候脆弱了，疲態盡顯卻依然對照顧說不，於是被別人說不知足。只能有苦往自己肚裡吞，揹負所謂負心貪心的指責。

不願接受自己不想要的東西，曾幾何時竟成了一種過錯。

只能失笑。總不能說別人要養，就讓別人養吧。又不是買午餐，身邊朋友說妳點這個好嗎，我可以偷吃幾口這般簡單之事。即使是所謂百年難得一見的人中之龍，但那排隊百年都還輪不到我啊。

只是純粹覺得，自己尚能照顧自己。道理不就和不餓而無須逼自己進食一樣嗎。

幾次之後我會開始近乎自暴自棄的想，不如就決定讓別人養吧。無須上班，待在家裡睡到自然醒玩貓書寫，晚上提起舞鞋去跳舞；想旅行時就去旅行。然我真的不相信不求回報毫無保留這種事。無論一個人多愛你多毫不求回報，兩個人之間的動線是雙向的。關係發展到對方單一動線瀕臨飽和的時候，對方總是想要你回應，一些溫柔、一些感動、一些喜歡……這一些的期待將一點一滴累積成負擔，架在心上，吞噬掉自尊的腳步捆綁著自由的翅膀。

依靠一直是很弔詭的一種關係。重量多了一點就變依賴。時間長了一點就變習慣。距離遠了一點就被忽略。寂寞引導一些誤解成愛。

沒有愛，又接受對方金援的關係不就等同包養。但閣下看有多少段包養關係是皆大歡喜而終的，鬧得一屁股灰的倒有一堆。

有朋友冷冷的說妳只是不夠老而已。等妳老了病了，就想有人照顧妳了。我再微笑回應，等我老了病了，還有誰會想照顧我呢，所以我會記得留點錢聘請看護。朋友再冷冷說看護拿了妳的錢跑掉讓妳等死。我再微笑回應那就只好等死了，如果我命不該絕會活著。

我並不完美甚至稱不上好人，我有一卡車的缺點，生活上壞習慣一堆；有心或無意傷害的人很多，在某些人眼中是應該被火活活燒死的妖精。我搞砸的人際關係比成功維持的多很多。

我一直不曉得怎麼當一個圓滑的人，讓所有人都歡喜，讓身邊人都喜歡。說我膽小也好說我不實際也好，我選擇身處在自己可以生存，可以接受，不打擾別人生活，不妨礙社會運作的小範圍中——例如做自己喜歡的事情，用自己的時間去經營，用自己的規律去活動，沉浸在自己喜歡的疏離中。

我姐常投訴我對家人的情感很淡薄，半年才回家一次，幾個月才在某個國度打電話給家人報告行蹤。一直想著但是並沒告訴她，我們從沒一起玩洋娃娃互相幫對方紮辮子，沒有窩在同一張床說悄悄話；生活的艱困忽視我們的幼齡，要我們自己去找生路。即使她後來開始渴望親情上的依偎聯結，我卻依然習慣淡漠——淡漠讓我冷靜而有力量。我並不喜歡農曆新年到親戚家以拜年之名行巡迴演出訪問之實，不斷面對你有沒有男朋友為何沒有女生別太挑現在職業是什麼薪水多少每個月拿多少錢回家諸如此類的問題。

親情從來不是介入別人生活探人隱私的借口。

這些年來，遇過不少朋友斥責我生活得太隨性衝動，每月大半薪水花在喝酒習舞，還動不動辭職去旅行把所有錢都花光，一點都不為未來打算。但是什麼是未來呢，擁有著與別人一模一樣模式的未來，是否才叫幸福呢。那，那些未來之後的未來呢。

如果不是從心而生的念頭，對我而言，擁有一份所謂好工作一個所謂完整家庭，生命並不因此而完整，看起來更像只是對別人的交待。

屬於我的人生旅程，為何需要對別人交待。

為何只是因為不想壞了別人的期待，遵守這個社會為我們安排的生命秩序而活。

我自己知道別人也知道，我並沒有絕對堅韌無情，身體不像銅管鐵臂，心沒有刀槍不入。後悔及遲疑守候一旁等待無孔不入。還真曾經有人指著我的鼻子大聲說：妳如此任性妄為以後一定會後悔。

然後再說：就怕妳後悔時身邊已經沒有人了。

我笑。我何嘗不是不知道呢。我從來沒有把一切事情當作理所當然。我們真的並不知道，下一秒會發生什麼，明天身邊會剩下什麼人。事與願違是命運之手最愛開的玩笑。等候從來不是任何人的義務。

誰不清楚所謂未來太多變數。

而我們的身邊，又何嘗真正有人呢。所有身心都由自己交瘁所有痛楚都自己承受。別人感同無法身受，他們的靈魂活在他們的軀體無法與自己的重疊，無法與自己的交換。

即使有時所有帳單讓我心頭血直流，生病時感覺世界僅存自己一人，工作累亟向牆壁大喊鈔票麻煩從天而降，挫折失敗感洶湧而來開始想被養被照顧的可能。念頭卻短暫。一直了解，照顧自己的心，打理自己的生活，是自己的職責。別人能夠提供的照顧只是幫助。而若不自救，幫助就無用武之地。

小行星B-612的小王子，細心照顧它那無可取代的玫瑰，澆水、屏風、玻璃罩子。離別之際，玫瑰才告訴小王子，拿掉玻璃罩子，它並不需要那一些。

照顧一直是很弔詭的一種舉動。重量多了一點就變約束。時間長了一點就變多餘。距離遠了一點就被推翻。寂寞引導一些誤解成感動。

並不堅持我的生活態度是對的。但是我選擇的。世界上我沒有辦法得到，沒有辦法做到的人事物太多了。我不想用得不到的失落感來折磨自己。沒有給自己借口及開脫的理由。我不能勉強自己。

像野地的花，天生天養，自求其福。風雨中飄搖，淋雨好愉快。

如果有光

請與我分別坐在牆的另一頭，讓影子覆蓋影子。我們離得很遠，影子卻親密交疊。

也許我會問你，關於這個世界的光。紅色、紫色、綠色、藍色、白色、銀色，那麼黑色的光呢。把黑色的光打在黑暗上，會撞擊成前所未見的明亮，或者黯淡依然。

我們閉著眼睛來到世界。黑暗是我們所接觸的，最初始的所見。黑暗也將是我們所擁抱的，最終的所有。於是在黑暗裡，我感覺安心。也許我因此言語。

也許我會告訴你。幼時父親失蹤後，債主沿街貼大字報，寫下父親欠下的債務數目，母親及我們三姐妹的姓名、住址、就讀學校。也許我會告訴你，我如何在校門前的電燈桿撕下大字報，揉成一團拿在手中，如何穿越同學的指指點點深呼吸抬起頭。也許我會告訴你，母親帶著三個女兒徒步前往親戚家避風頭，我背著書包邊走邊恍神，深夜馬路昏黃街燈下，被路邊住家種植的九重葛扎傷，刺痛中想起唯一的豌豆玩偶放在衣櫃前方忘了帶走。

也許我還會告訴你，很多很多年以後，我偶爾還會想起那個豌豆玩偶。想著新屋主如何處置它，是收留了它送給自己的孩子，或暫時安放儲藏室等待物歸原主，還是即刻把它丟棄。也許我也會告訴你，關於那間屋子關於我的一些記憶。

我記得那座鞦韆，那些停電的夜晚我坐著等待螢火蟲，捕捉了裝進玻璃罐，次日發現它死了甚至開始腐臭而難過。有年中秋我如何在眾人都睡著以後，在水泥地上點滿蠟燭。某個早起的清晨，提了水桶想要澆花，發現有一棵植物在遍地綠中開出一朵嬌嫩的粉紅色鮮花。某個起床上廁所的深夜，莫名走向客廳打開木門，看見一隻不知從何而來的兔子，靜靜的停在庭院中央，白色皮毛在皎潔月色下發光。

在那些柔軟的時光中，我的胸膛曾經裝載，極度柔軟的一顆心。

也許我會告訴你。那以後的日子，我像一隻忽然被關進玻璃罐的螢火蟲，一夜之間光芒熄滅，生命氣息盡失。而捕捉我的命運之手，任我在玻璃罐中腐朽。某天我感覺到瓶口傳來風，瓶塞不知在何時已鬆脫。我驚覺自己已脫去了翅膀，長出了雙乳，還有雙手雙腳。我爬出玻璃瓶，肌肉因長久的壓迫及扭曲而感到酸痛。我立起身體，聽見骨頭傳來激烈的碰撞聲響。

只是一瞬間，卻彷若一個世紀之久。看起來只是指甲掉了一片的細微，卻彷彿所有關節重新組合排列了一遍。我看著腳下的各種形式的堅硬平面，聽見有人給它命名為路。我聽到有人說：朝有光的地方走吧。朝人多的地方走吧。有人聚集的地方，就有光，喧賓奪主的光。人造的光線釀成光害，遮掩了自然。我覺得疑惑，黑暗難道不是世界最初的形式。起初，上帝創造天地。神說，要有光，就有了光。上帝看光是好的，就把光暗分開了。於是光暗對立。

是因為有了光的對照，人類才開始害怕黑暗。或者是因為本質對黑暗的恐懼，人類才依賴光。

也許我還會告訴你，有次我坐船去看螢火蟲，船上零零落落不同膚色的旅客，用我無法明白的言語交談。有個奧地利攝影師用拍立得拍下了我坐在船頭的樣子。船行駛過全然無燈之處，他忽然伸出手，我迅速閃躲，他的手掠過我的髮。他說我髮上有一隻螢火蟲，而他依然牽著我的髮。我露出笑容說痛。他放開手，我把拍立得放入河中飄走。之後幾天我們在民宿擦身而過，他並沒有喚我連正視我一眼都沒有。我想他也許無法認出在人造光線下的我。

而你呢。你又會在黑暗中，對我說一些什麼。你能否在任何環境中找到與光無關的，辨認我的線索。我已經忘了有多久，沒有在誰的凝望裡，看見了光。

如果你愛我，若我也愛你。能不能我們就關了燈在黑暗中彼此觸摸，用雙手記得彼此的輪廓。因為黑暗是世界最原始的形式，瞳孔中反射的影像小若螢火蟲，卻是彼此的唯一而全部。直到天亮，陽光灑上被單的時候，手牽手一起入眠。

醒來之際若是黑暗，沒有光線的時候。背對背輕輕啟動嘴唇，我也將聽見，你在說什麼。

輯二

當初只道尋常

【我們總是太希望別人對自己能不計代價，卻總是太害怕再付出代價，在曾經付出了太多代價之後。】

時間會告訴我的

我聽著你喜歡的歌。因為你喜歡這歌，不斷不斷的播放，我聽著聽著也喜歡了。

後來把因為你而喜歡上的歌介紹給喜歡我的人，他們聽著聽著，也喜歡上了。也許也跟著介紹給其他喜歡他們的人。

有時我無法分辯，我是真心被這歌打動，還是其實是因為你，我才喜歡上這歌。我也無法分辯自己是因為聽著這首歌才想起你，或因為你才想聽這歌。但這歌在你離開之後陪著我。而這歌，也在我不願陪著那些喜歡我的人陪著他們。

有時我想著這個循環覺得挺有趣，但也很心酸。

音樂是很美好的事，我想愛情其實也是的。我們都這樣給過彼此一些美好的什麼。

我還無法確定你有沒有幫助我成為更好的人，我也無從得知我有沒有讓喜歡我的人成為更好的人。而我心裡明白，共有的曾經其實不能因為夾帶太多痛太多傷痕而被抹煞被否認。

我還不知道的，我想時間會告訴我的。有一天時間也會告訴我：妳已經不再絕望的想念他了。

只是我的心

出席一個老牌探戈歌手的新專輯發表演出。唱了幾曲，他拿出一張紙，打開，念起他想對台下觀眾說的話。

勇敢去愛，勇敢去受傷害。不要懼怕，為何懼怕。懼怕活不過天明，愛永恆閃亮在心裡。大意如此。台下掌聲如雷。他接著唱起一首有關愛與懼怕的探戈歌曲。

演出結束，我慢慢步行回家。有一隻黑狗衝到我身上，主人把它拉開並道歉。我笑笑，拍掉身上的塵土繼續腳步。黑狗主人牽著狗走在我身邊，開始跟我說話。我有一搭沒一搭的回，但他棄而不捨的誠懇，還有那隻美麗的黑狗，讓我對自己說在這個涼涼秋夜跟他喝杯咖啡無妨。

一小時後說累，起身道別。還真捨不得那隻全程蹲在我腳邊的美麗黑狗。我把它緊緊抱在懷中很久，對黑狗主人說我年幼時，家裡也有一隻這樣健康快樂的黑狗，毛色光亮順滑，眼睛是美麗的深藍，尾巴長長捲起。後來呢他問。被人下毒謀殺了，我哭了很久，我回答。他啊了一下。

給我妳的電話號碼，他說。我微笑說我沒帶手機，阿根廷手機號碼十個數字誰記得住。那我給妳我的，妳要聯絡我。我微笑說好啊。

我說了再見，把圍巾披好，離開。路過轉角時把寫著他電話的紙片丟進垃圾桶裡。的確是一次還算愉快的對談，以社會標準而言他的確是一個條件優秀，可以嘗試發展友誼或其他方面的好男孩。

只是我的心。

我摸著脖子上的紅圍巾。自從它把我給了我之後，我出門都圍著。你說多年前在巴黎，你在朋友慫恿買下三條鮮紅艷黃亮紫的圍巾，在妖媚華麗的浪漫之都裡遊走不覺有異，回到阿根廷看著這三條圍巾卻覺莫名其妙，隨意把它們塞進抽屜。後來我在整理你衣物時看到，你將它們拿出來，要我收著用，說冬天將至，而且這些顏色適合我。

在我們感情逐漸穩定之際，你的生活卻掀起不小的波濤。你結束經營多年的工作室，飛往義大利。我們維持很淡的電郵聯絡，最後一封電郵你提及可能會去以色列，還不確定。啟程前你叫我不要等你；我說我不會的，我不會讓自己擱淺在未知局面裡，我會繼續靜靜的生活。只是我的心還需要時間，來放開對你的感情，來稀釋對你的依戀。

只是我的心。

一些經歷之後才能體會聖經《傳道書》所言：凡事都有定時。哭有時，笑有時。哀慟有時，跳舞有時。尋找有時，失落有時。保守有時，捨棄有時。分開之際我對你說：我看起來有多平靜心其實加倍的痛。但你曾讓我那麼幸福，你對我沒有任何虧欠，所以我必須放手，讓你沒有後顧的去安攘你的生命藍圖。即使，你之後的生命，從此就與我無關。

受傷有時，痊癒也有時。我不能為了驅逐尚未習慣的寂寞去找陪伴；不能為了填補忽至的懸空去找溫暖。我不能逼自己用還淚濕酸澀的眼勉強注視別人，我不能要自己血肉模糊的心房勉強對任何人敞開。痊癒如同成長，是不能抄捷徑的旅程。

我想著小酒館裡，老歌手輕輕而堅定的念著：勇敢去愛，勇敢去受傷害。不要懼怕，為何懼怕。懼怕活不過天明，愛永恆閃亮在心裡。我淚盈於睫。

可是，我缺的從來不是去愛去追尋的勇氣，而是我愛的人也愛我並且我們在一起的運氣。

只是一瓢飲

與友人喝咖啡，漫無邊際的閒扯。她忽然提起我多年未聯絡的前男友。

她說，從沒聽過女生那麼稱呼自己的男友：我男人我男人。是呵，那個身高一百八十多公分的男人，非常的瘦，除了腰間有一點點肉，但散發出來的霸氣要命的強烈。阿肯曾親眼見證最任性而尖銳的我，如何在他打電話來時瞬間輕聲細語，如何在日常相處中順從的無可救藥。呵，真正的男人無關體格無關威武，一個皺眉就能駕馭，一個眼色就能說服。一個真正的男人，會讓一個女人在被愛著時，深深感覺自己是一個真正的女人。

當初我愛他的確是無庸置疑的。只是我的馴服，到底是真正的投降，又或者只是我將野性暫時封印，努力模仿家貓的模樣？

我對自己有太多太多的自省，太多太多的疑問。但往往接踵而至的是所有答案的懸空。直到一種截然不同的行為舉止出現讓自己側目，才發現那就叫改變。即使答案依然懸空。

友人又提起我從前順口說過的與前男友的生活片段。例如他總是叼著一根煙幫我修劉海，那時我還留著娃娃頭瀏海。我聽到時安靜了一下，許多情緒就好像爐子上的水到達一定沸點冒出煙霧，但又因為曾熄了瓦斯，再開火加熱，與沸點還有一定的溫差。那些畫面就如此的，像打開煤氣，再熄火，如此反覆的循環。爐子上的那壺水一直溫熱，碰觸時不至於灼傷，卻依然會有痛的知覺。

而我是再清楚不過的，這壺水其實已經不再適合飲用了。即使我再清楚不過，卻依然讓水壺留在爐子上，任其蒸發如果它會蒸發。也許有一天，有隻貓跳躍而過時無意踢倒，水壺跌落而我將發現裡頭乾乾的一滴水也沒有。

其實我真正懷念人類之初，毫無科技概念之時，鑽木取火艱辛燒開一壺水；或者是其後再炭火上用扇子加熱讓水沸騰。現在時日水龍頭過於普及，許多人順手打開就忘了關上，任水滴跌落並不心疼也覺理所當然。

直到步入沙漠遍尋水而不獲。或者滴水成洪淹沒整個浴室。

而在喝過百飲千釀，味蕾被無數味道侵蝕痲痺之後。只想在口渴時候，讓無色無味的白開水，輕輕滑過喉間，最原始的滋潤豐沛。

沒有什麼捨不得

走入常去的華人超市，想買一瓶聖菲利白酒。聽到徐佳瑩的《哼情歌》。伸出的手收回胸前，抱著雙臂。跟著輕輕哼。

再無關緊要的場合都會想起這首歌。是因為，你曾經哼唱著。再平淡無奇的眼神都會想起你呢。是因為，我曾被你凝望著。

和一個在台北的探戈舞者通信，她說新戀情總算塵埃落定，能專心喜歡一個人的感覺很好。由衷為她開心，也無法同意她更多。真的。能專心喜歡一個人的感覺真的很好。忙得透不過氣之際告訴自己撐下去下班後就可以鑽進他的懷裡，由此有了繼續打拚的力氣。走在路上看到他的視線落在其他女孩身上即使無意也會生氣，蠻不講理的要他眼裡只有自己。電台播放的每一首歌彷彿都是愛的禮讚。煮壞了一鍋湯，家裡抽水馬桶阻塞，看見一隻蟑螂之類的小事，管他幾點照打電話向他投訴。生病了可以跟他撒嬌，知道他會八千里路雲和月的跑來照顧。經痛時可以大肆耍任性，他會了解而包容的把自己寵壞。走在路上看著他的簡訊，想著他說的一些無關緊要的話，無法自制的笑開好像一個傻瓜。

一顆心的存在理由彷彿只為裝載那個人。這一秒盛開成一朵最明媚的花，下一秒萎靡如雨中遊走的流浪狗。飛揚如羽墜落成塵都為了他。

愛情，該是兩個人彼此喜歡，彼此渴望，想要在一起。這樣簡單而已。這般單純所以能這般自然而奔放。如大江大水流向它該前往的方向。間中遇到阻擋的大石陷落的懸崖切斷的堤防又是另一些課題。

這些年我對喜歡這件事頗深的感觸是：不怕一個人不喜歡妳，只怕喜歡得不夠，然後在心裡自己跟自己打戰，感覺洶湧時對妳甜甜蜜蜜，感覺消散時矛盾不已而冷淡或惡顏相向。他不累，自己忙著解鈴繫鈴都累死。

你明明知道的我有那麼多的溫柔及善良等不及要和你分享。只等你好好打開心房，不是反覆打開又朝著我的臉啪一聲關上還在門後偷窺我有沒被掃得鼻青臉腫。耐性會用光真心會耗完，之後我會對自己講：你自己慢慢掙扎吧，我沒時間沒力氣當調停大使。世界還等著我去拯救呢。

愛情真的不需要那麼複雜。喜歡真的不需要那麼困難。

雖然愛情變得複雜，喜歡變得困難，世界變得危險，每個人都是共犯。在不成熟不懂事的年歲，用力揮霍彼此傷害；即使後來經歷了一些人事，因為自私因為慾望因為寂寞而無法把持或變本加厲。可是過去從來不是停滯時間拖垮未來的理由，是一個該中止的藉口。

今天上完西語課如常步行回家，路過書店，看見二〇一三的日曆迫不急待的上市，擺滿櫥窗等待出售。心裡微微感嘆：二〇一二明明還沒過完。

所以你看。時間從來都不等誰。若用力緊握怎可能放下。若不轉開視線怎能說看不開。若反覆掛念如何開始遺忘。我曾很害怕自己會一直因為誰而不快樂。可是後來我明白的，快不快樂其實是自己的責任，依賴從別人身上要來的歡愉及溫暖，從來都不永恆；人家改變主意抽走之際，連帶心也被掏掉一大塊，血淋淋冷冰冰，多麼可怕。

還有什麼捨不得的，在難眠的夜哼一支暖心的歌，嘗試入睡。堅強不代表不能哭，平靜不代表抹殺期待。先安內才能攘外，生命從來都必須回歸面對自己。

末日情歌

和友人談及沒有臨到的所謂末日。說若臨末日，依然想把頭埋在每想起每讓我落淚的前任胸前，同他共死。多麼不爭氣。

勿怪女子，動輒談生論死。西班牙歌手霍金沙賓納這樣寫：「愛若滅亡，才將置死；而置死之愛，永不滅亡。」愛讓人死，愛讓人生，愛讓人如行屍，愛讓人欲生欲死，愛毀損，愛戰勝。許多女子都曾問過所愛的人：若我死了你會難過嗎。若得到的答案不夠浪漫轟烈，難免一場無謂爭吵。若對方照實答：「我會難過一陣，然後也許會遇到新的人重新再愛。生活總要繼續的不是嗎」，理解卻難免心酸。

理解卻難免心酸，即使想來非常合理而正確。其實我並非要你為我孤獨一生，我只是害怕。我只是害怕若你身邊有了另一個人，你就會忘記我的存在，忘記你曾愛過我。我是多麼的不甘願，所有關於我的痕跡就這樣在你生命中湮滅。我是多麼的害怕多麼的不甘願，你能否了解。

昨晚練完舞極累，澡沒洗就睡著。深夜醒來，電腦那頭是陳珊妮在唱：「我想是天份不夠難掌握，唱不好的你愛我。」

我依然躺在床上。這張《後來我們都哭了》的專輯，是多年前我們還住在一起時你常放的。你有次聽著《您興奮了嗎》，興奮的說：「如果這首歌卡帶，最好卡在『我是那麼小那麼小那麼小心翼翼……』這句。」然後開始不斷的唱：「我是那麼小那麼小那麼小那麼小那麼小那麼小……」

我只笑，早習慣你說的有的沒的。只是多年以後，那麼多那麼小那麼小那麼小的有的沒的，還時不時從埋沒中湧出，或輕輕招手，或掀漣漪重重。例如我還擁有眾多和你共同生活時建立的習慣；例如每當我想聽陳珊妮就只聽這張專輯；例如我還記得，當你播放《情歌》，我停下打字雙手專注的聽，然後問你這首歌的名字。「《情歌》。」你答。

「《情歌》。」我重複。那瞬間凝結。那瞬間，在我們一起靜靜聽完一首哀傷的情歌之後，那瞬間凝結。

可是，是不該再提這些。我是不該再以這種柔軟而疼痛的眷戀，來想起來記得你的。

並沒告訴任何人，某夜我發現前男友寫電郵給前任情人訴說想念。我把自己鎖在書房，哭了又哭。然後趁醉意，我也很難否認不帶一點報復心態，我給你寫了一封電郵，把這些年在心頭洶湧的掛念孤獨悔恨的情緒告訴你。你沒有回覆。我想你讀了但沒有回覆。你當初給我你的電郵時說：無論你在世界哪個角落，這是肯定能找到你的電郵。

而你又能回覆什麼。沉默一直是你最大的溫暖及寬容。我的叨叨絮絮顯得多麼迂腐。

電郵末我說，這是我給你的最後一封電郵。我是該說到做到的。

所以回到末日和生死。我和在劈腿的友人開玩笑，難以抉擇是不，末日想和誰一起死就知道自己比較愛誰。

或了解誰比較珍惜愛護自己。

只是，最該懂得珍惜自己的，應該還是自己。是不該害怕自己一個人渡過末日。貓咪是最好榜樣，找一個地方安靜面對生命終曲。也該要那麼勇敢面對足以致死的孤單。

末日沒來，情歌不再。而生活之旅繼續，總會看見新風景即使無關愛情。

下一次宇宙

即時通訊軟體上問阿業過得如何。他說，最近聽到前任的一些消息，心裡非常平靜，沒想到自己能那樣平靜。我問那是好事還是壞事。太平靜了顯得當初發生的痛徹心扉沒有價值；但如果還會讓過氣片段挑動意識，似乎又表現自己毫無長進不夠堅定。

但無可否認平靜的確是各種姿態中最優雅的應對。我在面對某些過去時依然會像關起一扇門，旁人怎麼大力的敲我都死命不開。有些人不曉得是天真還是無良，還會拿出螺絲起子等各種工具想方設法的撬，完全忽視此舉等同在傷口上打釘鑽洞。

我並不是那種：心的絕大部份已經死了，無妨再死一次，於是放手坦蕩追尋下墜。我把對外的窗口反鎖，站在陽台捧著啤酒望沉睡的都市，聽深夜的鐘，午後雷陣雨。但無以為見的地底有千萬隻小生物竄動，如我無以為見的心底有千萬個部份在侵蝕。

我無法面對的，只是自己。從來都不是那些我傷害過、或者被我傷害的人。

我後來見過我曾深愛的那個男子如今的戀人。我們第一次見面，站在她工作的書店，兩人禮貌的微笑客氣的說話，她還借了我員工卡在她店裡買書。從頭到尾沒有提起他的名字，事實上他也不曉得我們會見面。事後她並沒有告訴他，我們見了面。她是一個聰明的女生，聰明的女生懂得主動保持被動。

我也沒有告訴他，我深深覺得，這個亦柔亦剛，氣質不凡的女子，絕對比菱角過於分明，情緒過於複雜，感受過於細膩的我，更能安定他的無助，更能包容他的孩子氣，更能治癒他的痛楚，更能舒緩他的孤獨，更能扶持他的迷糊，更能明白他的不知所措，更能溫暖他的冷漠，更能承受他的漂泊。

許多東西已經不需要告訴他。事實上也懂得，許多東西不需要告訴任何人畢竟只關乎自己本身。

當下以及之後我全人全心沒有任何感覺。過往次次排山倒海欲生欲死，浮成場場鏡花水月終虛所望。如乘坐一艘小舟飄搖而過，萬重山後白了頭。我覺得老，覺得累。多年後回顧我和那個男子的故事，醫生A說：他還沒讓妳長大，就已經老了。我想是呵，我和他的世界，一直處在盤古開天之時，天昏地暗寸草不生。這絲情感似乎綿延爬行了很多年，長若幾個世紀。忽然驚覺自己老態畢露；卻由於跳過了成長過程的鍛鍊，頻頻人間失足。

而地球依然成形並且運轉。我和他的世界，只是世界之中的許多個小世界中的小世界。宇宙中那麼多顆小星球，星球爆炸之後會有新的星球誕生，同一個區域常常無時無刻都在變遷。人類和星球的差別，只在於我們擁有情緒擁有記憶；所發生過的一切會在同一塊地帶層層疊疊覆蓋，或掙扎露面或模糊蒼白。

我想去一個小島，無須化妝脫掉高跟華服，可以成天汲著夾腳拖曬太陽，在海水裡浸泡腳板，逗路旁小狗小貓，用手機拍一些取景不怎麼樣的相片。自然昏睡自然甦醒，想寫東西就窩到手提電腦前。

至少能有一小段時間，可以離開我必須長期滯留的世界。整理一些混亂丟棄一些慾念，調正一些脫序安撫一些想飛，燃燒一些力量放下一些渴望，沉澱一些不安放縱一些疲倦。而我望著不斷增加項目的工作清單不斷被取消的假期，並沒打消念頭，只是全盤接受。

馮夢龍《警世通言》的杜十娘，在傷心絕望時盛裝怒沉百寶箱。現實中的人兒大部份受過教育且衣食不缺，於是被期待無論何種光景都得打起精神經營柴米油鹽。這世界的進行式很坦然，何種憤怒反駁從來都沒有用。

打開現代人的我們的百寶箱，又裝載一些什麼呢。不就是一紙文憑，腦袋所儲存的所謂學識，還有自己的一雙手，以及不知從何而來推動我們前行的意志。那是我們無法丟棄的，除非我們選擇丟棄生命。而衡量之後我們往往會丟棄的，大抵就是種種曾經強烈的愛恨悲喜，閃閃發光的夢與信仰或者類似會牽扯我們步伐的抽象形態意識。說服自己這一切必須消弭，視消弭為變數中唯一的恆長不變。

用過眼煙雲形容濃鬱舊日也許俗氣但真切，畢竟它們飄過時曾實實在在被呼吸入心肺鼻間，幾番穿梭之後自有其去處。
我們終究不應對未知的因由擔慢太多。

接受

在背包客棧看到有人寫他從薩爾塔搭巴士到伊瓜蘇瀑布，在車上睡睡醒醒好多次，沿途經過許多不知名的小鎮，有一種彷彿巴士消失在地圖某個角落的奇妙感受。

我倒還好，也許西班牙文還過得去的關係，可以溝通，可以問問題知道自己在哪裡，總是有個頭緒。但這趟旅途，因為預算吃緊也只能踏上一趟又一趟的漫長搭車。從布宜諾斯艾利斯搭十四小時的夜巴到門多薩；從門多薩搭十八個小時的夜巴到薩爾塔；從薩爾塔搭十小時的車到羅格聖恩貝納，睡睡醒醒，睜開眼睛窗外盡是荒地叢林矮牆淺屋。途中有軍人上車做例行檢查，只跟我這唯一一張東方臉孔要護照。我笑笑給了他。他問妳在度假嗎。我猶豫了一下才點頭。他笑笑把護照還給我。

「妳在度假嗎？」軍人這樣問。其實這趟行程，漂流的感受比旅行濃厚。

昨日近凌晨三點才抵達羅格聖恩貝納，當初購票時被問去那幹嘛，只是一個小到不行什麼都沒有的小鎮。我說去看看也好，也沒特別期待什麼。抵達之際全鎮漆黑，但氣息安詳，很有我出生成長的馬來西亞小鎮——麻坡——在治安還未惡化前的美好深夜感。那些深夜，我常跟朋友如同這些年輕人一樣坐在街燈下喝啤酒聊天。總之我心沒有不安，走了一陣找到飯店。洗了澡坐在床上，洗不掉的是從昨午就開始浮現的焦躁。我的腳我的心在蠢蠢欲動。忽然好想結束行程，回布宜諾斯艾利斯，每天練舞跳舞，搞得自己遍體鱗傷雪雪呼痛無怨尤。忽然好想回到自己熟悉的日常行程，一週三次西語課，西語課結束後到瑞科雷塔墓園坐上一陣再步行一小時回住處。

忽然想待在自己那破破爛爛的閣樓房間坐在床上一動不動直到想弄一杯比特苦酒加可樂。忽然想回返你出沒的地方。當你寫電郵或傳訊想見面，我可以說你過來吧我在家或我去你家，或那幾處我們常去的餐廳咖啡店公園。我們總是住得近，距離彼此公寓只有幾條街。於是自甫初識就嚴重濫用了近水樓台，落得後來近在彼此身畔都寒冷而遙遠。

其實我是明白的。我心中最大的焦慮是對自己的不滿。我的身體從一處漂流到另一處，從壯麗山光到明媚水色，從都市浮華到鄉野樸逸，我的心卻留在無聊透頂的布宜諾斯艾利斯。我用盡全身力氣讓自己離你離得遠遠，我的心卻背道而馳的用上加倍力氣惦記你。

而我明明是想藉著這旅程來釐清甚至切結有關我與你。

你曾說我出發前我們要好好談。結果我什麼都沒告知你就走了。你也沒有說什麼。沒有說什麼等我回來我們再聊。而如今我心中對自己最大的疑問是，回到布宜諾斯艾利斯該不該見你。總該見面把我們之間澄明，至少把我在旅途中為你買的紀念品交給你；可是見了面，又免不了許多無謂的彼此傷害。不用發生就能預知那些畫面，太多讓人不知所措甚至後悔莫及的情緒交錯。

很快又將搭上十二小時的夜巴到伊瓜蘇。我還不知道下一個去處，只知將又是一班又一班的夜巴，從一個小鎮到另一個小鎮，從這城市到那城，慢慢回布宜諾斯艾利斯。很折騰但現實是現實我搭不起飛機。
很折騰但現實是現實我嘗試了但我真的承擔不起你。

無期

多年前某堂法文課上，老師分享一首小詩，描寫一對男女共進早餐：「他把咖啡／倒到杯裡／……他喝了咖啡牛奶／然後他放下杯子／沒有跟我說話／……他把煙灰／彈在煙灰缸裡／沒有跟我說話／沒有看我／……他穿上／他的雨衣／因為下著雨／然後他走到／雨中／沒有說一句話／沒有看我一眼……」

詩末女孩靜靜的說：「……而我／我用我的手／抱著我的頭／然後／我哭了」

詩畢，教室一片沉寂。

那堂課的主題是戀愛，大家卻侃侃談起失戀，失戀的痛不欲生，失戀的遺憾，失戀的感傷……所有深刻的記憶都與痛有關；就像一雙極鍾愛其花色款式，卻不合腳的鞋，許久之後想起了拿出穿上，依然磨腳。只能輕輕嘆息．．多麼漂亮的鞋子，只是……可惜了。

就如許多年後想起某個愛過或錯過的男子，只能輕輕嘆息．．多麼好的一個人，只是……可惜了。

多年之後被撩起的淺淺的疼竟添了幾絲纏綿悱惻。彷彿總要有一些疼，人生才趨於完整。但是是因為痛所以記得，或是因為記得所以痛，已經很難分辨。

亦舒小說中學法文的女子總是多情而偏執。現實中卻不然，傷感在年輕的心中容易被新鮮事物取代。下了課同堂的女孩們笑嘻嘻的要去約會聯誼，談起某男子對自己的追求及示好，笑成一團。

至今我還常常想起她們的笑聲。清脆而放肆，眼睛鼻子全擠成一團露出牙齒，沒什麼顧忌。能夠放肆是一種幸福的自由，這個社會要求成年、職業女性自制而端莊，所謂自制而端莊的定義，離不開話少、動作小、順從而寬容。

年紀越來越大，視野會越來越廣，自由卻越來越少，限制卻越來越多。

幾年後在上班的地鐵裡忽然想起這首詩，想起詩中女孩平靜的描寫那最後的早餐：他喝了咖啡牛奶，他抽了煙。他沒忘記帶走他的帽子；他穿起了雨衣，因為外面下著雨。他沒有說一句話，他沒有看我。然後他走了。

他沒忘記帶走全部的東西，把我和我對他的愛留下。

從此被囚禁在失去的痛楚，歷歷在目的甜蜜裡。等待思念徒刑服滿出獄，卻永遠揹負回憶案底。

某天黃昏在即時通訊軟體上K忽然喚我，聊我的新工作和他的論文。數年前的這時我還在電視台上班，也這樣有一搭沒一搭的和他在網路上聊著。晃眼經年。

我問可記得你曾說：不管妳在哪裡，我都會來找妳。他說我當然記得，當時，我的確有這個念頭。

當時。我沉默。兩年內發生了無數事情，幾年內其實也沒發生什麼大事情。時間帶走了一些什麼留下了一些什麼也改變了一些什麼。Tizzy Bac如此唱：「幻滅的過往卻緊緊捉著我不放。」

也許太習慣仰著頭望著窗外大片藍天想著還需要多少年，那些畫面那些細節才會將自己無罪釋放。也許知道也許不知道其實門就在身後，只要轉身旋開門把就能找到出口。

每個人都是回憶的現行犯，只是徒刑長短的分別。只是冷靜以待、光明正大沉溺或其中間程度的分別。只是會不會重蹈覆轍的分別。

只是，再也承受不起強烈的變遷與起伏。畢竟，沒有誰跟誰說好得一唱一合，我們各自在各自的土壤，栽種各自貧瘠或肥沃的時光。

僅餘一些禮貌的熱切與最多的淡漠，對回憶，對世界，對自己。

你好呵，沒有人。

陳淑樺的歌有一首歌那麼唱：對不起你所撥的電話現在無法接通，對不起你所撥的電話請你稍後再撥。對不起你要找的人現在沒有空，對不起你最想講話的人多年以前早就失蹤。

昨夜加班回家洗完澡，頭髮還濕淋淋的掛在肩膀上。披上睡袍，忽然想要打電話給誰，腦中出現幾個名字，最後撥了阿蕭的號碼。

電話響著，我邊在電腦上連上網路邊等，直到轉接入語音信箱。

我放下電話，回了幾封電郵，看了幾則新聞，做了一些瑣事。十多分鐘後，阿蕭傳訊來說抱歉，剛在廁所，有甚麼事嗎。我笑了一下回說：也沒，只是忽然想和你說說話。然後把電話擱在一旁，繼續沒看完的費里尼自傳。

原本想跟他說好不好這個週末我搭車南下去找你一起吃晚餐。但當下想說話的心情已經蒸發掉。

如今想來當初和阿蕭那有一搭沒一搭的通信，也似乎是這樣慢慢減少，然後全數斷掉的。像把一杯水放在桌上，覺得他不會在那麼短的時間就完全被空氣吃光光吧，所以先去忙其他事情。但想起時回去看，它真的沒剩下幾滴，搞不好連杯子都已經失蹤。

頭幾次遇到類似狀況，大概會像失去玩具的孩子用力哭鬧，或被撕心裂肺般成如夢魘揮之不去。但即使你忘了換電池，分針秒針依然隨地球在轉。如經過反覆練習就能解開的數學習題，自己終將明白，人生的過程本來就是一種失去，失去本身就是一種必須。不管別人怎麼告訴自己，要從另一種角度來看待失去成一種獲得，更好的即將前來替補等等之類的鼓勵安慰真理。失去的當下會清清楚楚的知道，有些甚麼被拿走了，生命那個屬於它的區塊從此空了下來。

連成長這種聽起來多麼激勵人心的話題本質上都是一種失去，你失去了任性的權利，你不再擁有推搪的藉口，你要為自己的人生負責，你得作牛作馬為一份微薄薪水賣命，連維護世界和平這種廣義得驚人的東西你也責無旁貸。真可怕，如今想破頭也搞不懂自己為何那麼急切長大成人出社會，根本是自找死路，如今只能硬著頭皮見招拆招見獸殺不了就閃，因為「要為自己的人生負責」。

更可惜的是小時候愛與關懷像糖果一般隨手一捉一大把，多貪心手卡在玻璃罐裡頭都不會有人責怪。入世後最根本的功課就是自愛，為著健康體重著想，戒糖少鹽菸酒倒是不限。越來越多愛與關懷的代替品，假貨與復刻版滿街粉墨登場唬得世界一愣一愣，叫人目不暇給又害怕。

倒數最後幾封電郵裡，阿蕭提到張曼娟的〈儼然記〉裡，有一種叫木蓮的花。那花有五片花瓣，中間有著淡淡的幽黃色澤。花沒有心，是中空的，張曼娟形容這種花是失了心的等待。彷彿等待幾世的情緣，只為了一刻的相聚。沒看過這種花卻不自覺地使他心動。

信末阿蕭幽幽寫：「而妳不覆我的訊息，是不是也要叫我失了心地等待呢。不是的話就回個訊息吧。唱獨腳戲是孤單的一件事。」

那時工作剛上軌道，忙得完全沒力氣為任何事情融化，忙得有時間就拿來睡覺。想說以後再回他電郵，告訴他其實我看過這篇小說。而後來我卻一直沒機會說，我國中時唸過那篇小說。看完之後好悲傷，那是一個太悲傷的故事。一個才華洋溢的偏執女子，愛上一個出家人，注定枉然。出家人為了這個只看了一眼的女孩，動了凡心而閉關兩年。女孩後來生了一場重病，夢中情僧來對她說：「是我修得不夠，今生只能相遇，不能相守……只有，求來生了。」

太悲傷了，好比許茹芸在《日光機場》裡悽悽涼涼的唱：「有緣太短暫，比無緣還慘」，真真比那還慘澹哀傷。

而如世界上的很多理所當然，如年少時候漸漸失去聯絡的筆友一樣，等我忙至一個段落，阿蕭也已不在，如同我多年以後打電話給他時他沒接到，之後是否回撥也不再那麼重要。或許是在我忙碌的時候漸漸走丟的，而繼續忙碌也消卻了沒有他回覆的失落感。時間都是這樣與人同行的吧，讓你一步一步的把一些在意的東西丟掉，把心慢慢收回自己胸懷。

張曼娟在〈儼然記〉的結局那麼寫：

> 韓芸想，等到木蓮花開的時候，她一定再要到樊素的小庭住上雨天，靜靜仰望花落紛紛，就像是幾年前一個寧靜的下午……。
>
> 那時候，甚麼事都沒發生，陽光融融的照耀。

時間本質上本當如木蓮花一般無心呵，如一個黑洞，腐蝕掉所有曾經熱烈擁抱的熱情，執意堅持的信仰，以為永遠不會改變的一切以及其他。每走一步每過一秒，無論毫無意識或者咬緊牙根，都明顯的將自己帶離原生的自己越來越遠。眼前的一切無論看起來多一模一樣，只是一副無比相似的風景畫復刻版。自己已經被引力定理拉到遠至另一個星球，也許還即將穿越另一個時間黑洞。

間中如果不小心想起甚麼淚盈於睫，也只是曾經涉及的空間灰塵錯位。

但最終我們又將走向哪裡呢，偶爾，我會那麼問自己而問歸問而答案我多數清楚又時而困惑，而步伐不曾停過。

邊走邊與白雲千載空悠悠打招呼：你好呵，沒有人。

人生若只如初見

他傳訊來說昨夜夢見我。夢中他走在一個很大的圖書館，我忽然從他身後喚他。然後我們邊說話邊往前走。整個夢境，我們只是邊說話邊往前走，一直一直往前走。

我沒有問他夢境中我們交談了些什麼，事實上我不曉得該怎麼回應，於是放下電話去洗澡。我猜度也許，他偶爾會想念我；也許他心中，對我其實有一些欲言又止的想法及疑問。而他在感情上並不是暢所欲言的那種人；我在無數次情感上的碰壁後也培養出對自己也許不能承接的東西避重就輕。於是我與他的對話，常常任一些討論沒有結果，任一些疑問沒有回答的有等於無。事實上我們的相處總是過於客氣，甚至在曾短暫以類似戀人身份相處時，也生生疏疏的在人前保持一前一後的行走，只有在私下要分別時，才匆匆忙忙的擁抱說再見，並沒有一般戀人之間最正常不過的依依不捨的回頭。

當時的類似戀人身份在某日忽然終結。某方不再回應某方的電郵或者簡訊，彷彿來自於我們面對彼此時擋在中央的空白，無須很久的日積月累成形為一個句點。後來我們又在某日忽然恢復了聯絡，類似戀人身份的默契還殘存，那層空白更是理所當然的在空氣中散播讓人躲無可躲。我們加倍禮貌的對待彼此，從前偶爾會發生的爭執、尷尬的沉默已不復存在；同時從前偶爾會脫口而出的親暱言詞也蒸發得一字不漏。也許他也變得比較圓融，比較懂得如何與別人溝通。也許我變得比較成熟，比較能夠從別人的立場角度思想前後。也或許他變得比較寬厚，能夠容忍我不經意還會現形的尖銳與任性——但也或許是我變得更驕傲，不想再說一些看起來愚蠢的話，不願擺出一些我自己覺得愚蠢的類似在乎姿態。這些冷淡以及避諱反而造就了意想不到的和平，讓聯絡得以維繫。

其實後來我是懂得的。當初把我與他隔離開來的那層橫阻，來自我們對於對方給予的丈量，以及自己回應對方付出的計算——並非斤斤計較只是小心翼翼，而這些逢舉步必思量又來自於被不同銳度的利刃般過往肢解過後，撿拾拼湊的自保自重。唯有真心以及誠意能夠消弭這些阻隔，但是當初或許包括如今的真心以及誠意，一直一直太微弱如一盞日光燈，並不足以溶解層層疊疊的冰川。

昨夜失眠，聽卡本特兄妹的《Make believe it's your first time》，凱倫卡本特過世後，哥哥理察卡本特把她尚未發表的作品整理成專輯的其中一曲。有人把歌名翻譯成「人生若只如初見」。呵，人生若只如初見，納蘭性德的詩句，輕輕一句卻蕩氣迴腸，穿越時代的深刻感嘆。唉，如歌曲裡李察卡本特特意保留了音樂響起前，凱倫卡本特的一聲嘆息那一聲很輕很輕的嘆息，聽起來像唉又像呵。唉與呵，音近意異；同時在某些狀況，又音似意似。青春褪色以後想起一些什麼或遇到一些什麼，怎是一聲唉了得，於是只好呵，淺淺微笑表達釋然，音調裡的滄涼有感卻如餘音沉默作響。好像一口鐘震動以後，只有打鐘以及就近而站的人，知道自己感受到了一些什麼。

我曾給眷戀的男子寄的最後一張明信片，是我有次在波蘭小巷迷了路尋獲的水彩畫明信片，上面繪畫著小木偶以及它的父親。我告訴他在寫明信片時，聽著的是巴哈的G大調小步舞曲。我總是喜歡小步舞曲，他們有著固定的節奏以及主旋律。而小步舞曲最初設計形式，是讓男女雙方能夠在不快的拍子中，好好的表達禮儀，互相配合跳完一隻舞。

而愛情基本禮儀是什麼？我是跋山涉水翻川越嶺的轉了太多圈跌跌撞撞太多血淚之後才知道，那是真誠。

男子如我預期般的沒有回信。我不確定也不再在乎他如今身處哪個國度或哪個女子身邊。從他第一次出現到後來有跡可循的隱沒，一直表現為一個秘密主義者——給別人似是而非的一點點然後收起近乎全部的真相。而這個世界上，只有兩種人適合和秘密主義者談戀愛，一種是涉世未深、會為神秘姿態散發出的光彩而目眩神迷的年輕美眉，一種是哲學家。這兩種人在本質上都擁有一種能夠去堅持不懈的能量，追尋秘密主義者本來就像跑馬拉松，中途陸陸續續有人放棄，而依然在跑的人一直看見有人跑在自己前頭。

我已經蒼老，只會落得因為不清楚日新月異的遊戲規則，木訥呆站路中央而顯得寒愴突兀。我的心已經明白，有些時空的凝結在年輕時叫做剎那永恆，在成年以後就變稱為虛耗。現代現在的愛情太複雜了，我不懂也跟不上腳步。我總在想愛情應當處於一種平衡的狀況，像一首小步舞曲，簡簡單單，如初彈巴哈的小孩敲打著黑白鍵，成音成律，難免出一些可以被糾正的錯。所以呵愛情不應當太平淡太規矩，總該有一些失控，像彈琴的人彈錯了會皺眉會不悅，彈對了即使是意外矇中也會笑開會滿足。而同時愛情，也不應當太絢麗太高調，否則將如色彩斑斕熱烈燃放過後的煙火，遺下滿地煙塵目睹當初盛開的天際，深刻記得來時徑卻已成無以為繼的陌路。

所以親愛的，當你顯現出類似想念或在乎的姿態，我該如何辨認呢。我要如何判斷這只是你的一時的即興演出，或是當真實地的誠意表露心意。當遇逢你言語表情間過於明顯的模糊擺盪，你不夠清晰踏實的表示，我要如何毫無猶豫的下一個正面或者反面的結論呢。猜測懷疑太累，猜對了不見得有獎品，猜錯了我又輸不起。兩人同行未必應當無間親密彷彿天衣沒有縫隙，但心與心總該有一座橋樑，我知道我隨時隨地能毫不費力的找到路，無須拓土開荒破城毀牆大費周章的通到你那端；而我，你只要轉個身如推開門簡單就能看見我——每個人都有每個人的秘密與過去，大可不必全數交代闡明傷了和氣，但至少我能確確實實的感受到你想要經營一段關係的決心，至少你也許存在的意願也要我接收得到才可以。我沒辦法自我說服自我解釋自我澄清，給你的冷漠一個合理的交代，給你的遲疑一個適當的解釋，然後再自以為幸福的沉下去。

愛情不該那麼曲折迂迴，不該成為狗一般的生涯裡加倍的負擔。

所以當爾今無人隨舞，就放一張唱片泡一壺茶點一根煙，也許看一看希臘神話。眾神的愛恨慾毀詐欺復仇，去掉魔法仙術的部份，其實是如今塵世情感狀態模式的最佳翻版，雖然塵世真實狀況隨時超越叫眾神自嘆不如。也終將懂得愛情，更多時候不外是一場神話，不要渴望不要寄託不要相信不要沉淪，直到清清楚楚朝自己逼近至無路可退如聖徒們親眼目睹復活後的耶穌雙手上的釘痕的真實，再做定奪。

人心真切，但人心易變。無論比翼連枝當日願，或夜雨霖鈴當日怨終將瞬間滄海。呵，人生若只如初見。

輯三

異地書簡

【門沒鎖，請進來。

在我床邊坐下，玩我的捲髮。
請溫柔的像對待一個易碎的瓷娃娃。

我本來都是一個娃娃。
喜歡捉著大人衣角，
脖子上還有牛奶的味道。

你要靠近我。
所有關於我的，
你必須要靠近我，才能知道的。】

時光裡有愛與光。給老皮。

親愛老皮。你在電郵裡說執筆忘意，總想說一些什麼，但真的要寫的時候，又不知道該說什麼才好。

我每次打開電郵，腦袋一片空白。有時回不出個所以然，有時一回又不小心寫太長。

每回看到你在線上，每回見面之前，感覺彷彿有好多話要跟你說。但當真的點開對話視窗，當你就站在我眼前，說不說話，又變得不那麼重要。

只要知道你在，不管哪一種形式都好。這樣就夠了。

不知自何時開始，我總是如此面對這個世界。只要知道有人在，不管哪一種形式都好，這樣就夠了。

心裡有很多格抽屜，裡頭放置的東西都是隨時可以倒空的。然後關閉，時候到了再裝載新的內容。

有時我會問自己還會擁有什麼。失去擁有的狀況反覆交替發生，感受都已經飽和。

懂得習慣失去，懂得習慣擁有，也應該要懂得習慣沒有。

沒有是最原始的狀態。偶爾我會忘了。

於是有時看到你不在線上我感覺空虛，很快又能平靜下來。想起其實我根本不用電郵的通訊系統，在與你聊天之前。

沒有是最原始的狀態。偶爾我忘了，但總是能想得起來。

很快就能想起來，很多事情。不僅止於我和你的通信。

萬芳有一首歌，《我們不應該再通信了》。吉他彈著簡單和弦，萬芳平靜的唸著口白，背景有孩童的奔跑嘻鬧。歌中大概是說彼此通信的原因是因為孤單，各自的孤單。

我們的文字，寫給自己，也寫給對方。我們的孤單，很像，又很不像。

有時會想，我們之間的信，能寫到什麼時候呢。我是一個執意漂流的女子，你是一個想要立業生子的已婚男子。

這樣的兩個人通信，會被社會道德定義為大逆不道。誰會相信我們單純的只是朋友。我想著想著笑了。

也許我們並不是單純的朋友。我們是彼此手中牽引著一條線，幫彼此如一個風箏，繫到另一個天空。給了世俗生活二十多小時，不到一個小時的時間，拿下世界想要我們成為的樣子。在風和日麗或雷雨交加中，真正呼吸。

我們的世界，我們的天空。很像，又很不像。

在倫敦生活過好幾年的你，喜歡倫敦，因為在那裡可以當一個無名小卒。你朋友調侃說，你又不是超級巨星。

我卻很能明白那種感受。無名小卒的意思，沒有人認識自己是誰，沒有人知道自己是誰，沒有人在乎自己是誰。如海洋中那麼多魚，在大大小小的魚當中，隱身成一個小黑點，在其他小黑點中，任自己的意思前進，用自己的姿態泅泳，水中沒有人看見自己在哭。

生活上工作上很多的努力，其實只是為了這種自在。多少人能明白。

也跟你提過我總選冬天窩在歐洲。冬天的歐洲，若非滑雪區，遊客很少，雪很多。大部份旅遊區到了星期日幾乎變空城。白茫茫的雪覆蓋在前夜留下的腳印，覆蓋在前夜殘餘的喧鬧上。

有一年我在盧森堡。一個有陽光的星期天，起得很早。走到旅館附近的幼兒園，伸手觸摸幼兒園游樂場的溜滑梯。想著這裡在學期時的熱鬧，想著可能曾經有小孩從溜滑梯上摔下，同學或老師來攙扶來哄，想著小孩在追逐在尖叫在歡笑，想著有小孩靜靜坐在某個角落當一個旁觀者。

我俯下身體，躺在雪地上，閉上眼睛忽然淚流。眼淚是溫熱的融化髮下的雪。

大家說每個喜歡小孩的人都有一顆溫熱的心。也許是的。我是喜歡小孩的。喜歡把小孩抱起來用力旋轉，喜歡把小孩擁在懷中親吻，嗅著他們的獨有的氣息。喜歡小孩用無辜的眼光看我被我寵愛。

我明白自己，只是把遇到的小孩，當成從前的自己。去給他們，當初我無法得到的關注及愛。

當初無法得到的關注及愛。始終無法得到的想要的關注及愛。

是不是我把自己逼成那麼抽離的人呢。

曾經不確定自己要什麼而逃跑，在確定自己要什麼之後逃跑得更厲害。

而世界那麼大我又可以逃到哪裡去。世界那麼大我卻無處可逃。於是學會說不。

因為知道自己並不夠絕情，無法大刀闊斧，無法破釜沉舟。因為知道自己並不夠堅強，無法浴火重生，無法斬釘截鐵。於是告訴自己要懂得抽離。在無須耽擾別人的狀況下，輕輕的，無聲退卻。

心終將腐蝕成一面百孔千瘡的牆，陽光投射時有特殊圖案。時晴時雨也能即時把自己晾乾。

老皮。你記不記得我們初次見面，我穿一襲淡橘色的旗袍，長髮紮起來別一朵同色牡丹。

那夜再沒自信的我也稍稍覺得自己漂亮。我喜歡那麼柔軟又輕盈的模樣。

那夜我多麼希望深愛七載的男子親眼見到我頃刻的模樣。妄想會不會他就將在我身邊逗留多一點時光。

你應該也記得我穿過另一襲喬琪紗舞衣，粉色裙擺很長很長，舞蹈時會旋轉出漂亮的弧度。你在我跳舞時把它拍下來，我看見了說，因為曝光不足的緣故，裙擺飛起好像一道光。你說我的裙擺不是光，我才是光。

而我燃盡全身的能量也無法照亮他絲毫的陰暗。

螢火蟲只有一天的壽命。有時我覺得，幸福就是這樣的情節。

但正又因為會臨到結束有句點，人才懂得把握，學會珍惜。

再由挫折把緊握的拳頭扳開，一根一根。然後也學會放手。

總會結束的事情讓人很傷感。沒完沒了的事情總讓人很煩。

人生充斥許多這樣的循環，但又不僅止於這樣的循環。於是時光流逝裡我們極盡所有一體兩面之事，用微笑面對失去，用逃避面對不堪，用喧囂為孤單圓謊，用忙碌與空虛對抗，用冷淡遮掩恐懼，用成熟包裝失望。

但我依然忍不住要想，當我們說時光時光。時光裡，時光裡的某處，一定有愛有光。

所以老皮，時光裡有愛與光，給你，老皮。

讓我們，自己照顧自己

親愛的西米。子夜二時，你做什麼。陳昇有一首同名歌曲，讓很多人聽了都流淚。我在子夜二時的辦公室給妳寫信。剛去點妳的部落格，發現妳把部落格關起來了。我並不清楚原因，但是我了解妳為何那麼做我完全能了解，即使我完全不能用言語把原因闡明。

妳曾那麼形容與生日只差兩天的我：我們並沒有妳想像中太過一樣，也沒有妳想像中的太不一樣。的確是呵。大學姊妹淘中我們吵得最兇，分享得也最透徹。其實我不太相信星座這種東西。因為後來發現，並沒有任何東西能解釋自己。我越是給自己一個定義，不見得自己會去遵循，常常會反其道而行。就像Glee裡面的惡霸Punk說：我也不知道自己怎麼了，常常我抵達學校時跟自己說要當個好孩子，但第二節課時我已經拿著滅火器朝某個書獃子狂噴。

越想當好孩子，越迅速成為墮落天使。因為心太急了，太急著變好，不夠踏實反最容易踏空或迷路。

所以這是妳送我幾米的畫冊《我不是完美小孩》當生日禮物的原因嗎，呵。

所以親愛的西米，子夜二時，妳在做什麼呢。如果沒有特別低落的心情，妳應該已經入睡。這是妳比我好的一點，不會無限度的把情緒放大放大吃掉生命其他美好的部份。我連沒吃早餐都會有烏雲密佈的灰暗呢糟糕極了。開始跳探戈以後，我常在凌晨抵家，洗完澡坐定，時間總是子夜二時，或接近子夜二時的時間。夜是安靜的，電腦是安靜的，手機是安靜的。很長的一段時間很多很多年，我都在這樣在深夜，靜靜的想一個人，靜靜的等一個人。得不到回音是一種必然，得到回應是他少有的興起，要不然就是他喝醉了。

漸漸心也安靜下來。等待未知的好運發生或預期中的變故成真都讓人受折。子夜二時，找一本書，看一部舊電影，隨便寫一些什麼。夜很漫長，總是有一些事情可以做上一段時間等睡意浮現。夜很漫長，開一瓶紅酒，睡意浮現前總是可以喝完，或喝掉四分之三。累了彷彿剛闔眼就得起床上班，每日睡眠時間大約五六小時，整個人立竿見影的老起來。

每回和姐姐同在一場合出現，大部份人都會誤認體型嬌小的她是妹妹，她總為此得意洋洋。而有時我想，也許並非外型的緣故，而是散發出的氣息的緣故。我比姐姐多出一分滄桑，多出一分本應望穿卻不忍割捨的執拗。

漂流與愛讓我滄桑。並非身體浪跡天涯的那種徊蕩，而是心的追趕，苦苦朝所愛之人的方向逆流而上。每一次放棄都等同抽刀斷水，刀橫過以後眼淚繼續流，刀橫過之處舊傷重疊上新傷，痊癒之下的地方血液繼續湧動。

愛不見得能天荒地老，痛毫無疑問的能蔓延到海枯石爛。

我在臉書上寫：小妹也要出嫁了，我正式榮升為家族中的剩女。妳回妳已經加入兩年多了，叫妳學姐。西米，妳幫兩個姐姐籌備婚禮時是怎樣的感受呢。除了累之外的其他感受，極度的累。會不會羨慕會不會心酸，不是說妳恨嫁，但這幾個應該是我從旁人聽說過的最基本的感受。結婚生子，被認定是人生必經之過程，許多人總覺得好像結婚人生的某些部份就得以完整。而我總是覺得無關於結婚，得到愛情，得到幸福，才是最重要的吧，其他的只是一種假象一種儀式。而我是不是太理想化呢，我依然覺得只要在一起，或者即使人暫時沒辦法在一起，但是心在一起，然後不斷想辦法要彼此在一起。

而這個世界為何還能如此運作呢，當每個人都依然渴望相愛，卻不斷的說這個無奈的人生很難能和自己喜歡的人在一起。

也許只是一種補償作用吧。就好像我們會在孩子被世界污染之前給他們看童話發一些美夢。等他們長大了受傷了，大罵童話是bullshit，卻在不為人知的時刻安慰用來安慰自己。

我姐婚禮的前一天下午，當親戚女眷們在廚房裡為自助晚餐兵荒馬亂的忙，我鎖在房間中埋頭看亦舒，任妹妹的過動狗咬我的腳趾頭。《世界換你微笑》情節陳腔濫調，但師太擅長把陳腔濫調的故事寫得清新。作家周富的小說被改編成電影，和片中男主角還有製作群友人的情感糾葛，連帶扯出她不為人知的過往。其中一段寫到周富愛戀了十年，狠狠傷她的情人左琨返來求和，周富婉拒了，兩人談話之後左琨睡在沙發上，周富整夜坐在電腦前寫作。後周富密友華真來探訪，瞥見電腦熒幕上密密麻麻只有兩個句子：我的名字叫周富，我是一個寫作人我必須寫作。

華真心酸。周富那麼深愛的人近在咫尺她卻絲毫不觸碰，可想她多壓抑多痛苦，只為不讓自己再度重蹈覆轍。

關於左琨與周富長達十年的糾葛，亦舒輕描淡寫一句話了結：「她成功自救。」

是夜我幫姐姐主持婚禮晚宴，穿了我的國標舞衣，粉紅色的喬其紗，奔跑時裙擺會在空中飄起來。小表妹們來拉我的裙子，說我平常都那麼穿，不曉得穿上禮服的我會是怎麼樣。我微微笑，搖搖頭。年近三十，我想接下來的生命不會有太大差別。看起來漂漂亮亮的，參與別人的美景，獻上真摯的祝福。孤獨卻自在的，坦蕩卻免不了哀傷的。

對未來可能出現的陪伴已經沒有太大期待。我已經脫離找尋的狀態。

並不是在愛情裡頭覺得累，只是厭倦了那種膚淺的男歡女愛。也許是我總是做錯誤決定，這些年來我選擇相信的承諾，總在點燃整個世界的天際之後，即刻蒸發成海上的泡泡，仿若人魚悲劇的一再反覆，每一步猜想每一次追問都椎心的痛。也厭倦了撲飛的姿態，以為傾注一切而出就能換來垂顧。但這樣等於大減價呵。每每買回一堆東西，款式好看但不合身不合腳，只能送人或者丟掉，或者閒置。錢就能當作浪費了。

青春也由此浪費了。雖然說青春總是會消耗掉的。只是很多東西會在自己心裡留下來。

萬芳有一首歌那麼唱：不一定能夠有人陪著你，把孤單時要自己照顧自己。所以呵，不管如何纏綿悱惻、天長日久的糾葛，最終都能輕描淡一句話了結：「她成功自救。」

我們都得自己照顧自己，竭盡所能維持心的溫度，即使只如一杯咖啡的微燙。

在痊癒之前依然會哭，會想對寂寞臣服。情緒起伏是必經之路。這個世界把女子拉下深淵的事情太多太多，特別是恐懼以及孤寂。我們必須時時自救。

小妹出嫁之後，我又會有什麼感觸呢。大概還是繼續自救吧。

又及：這不是寫給妳的，只是我的呢喃之音。

入春，給史特拉斯堡的你給我自己。

迪兒其芳。大概兩星期一個月才會開一次大學常用的郵箱來清理刪除垃圾郵件，昨天不知怎的忽然想到就打開了，然後看到你的信。

常常有所感時也想寫信給你。即使詞不達意即使無病呻吟，也知道在另一個國度，有一個人不介意並能看懂自己不需寫得很白的言語。這種聯結很難得，但同時酸澀而寂寥。網路讓距離成了一種無謂不再是一種難題，一個人的本體與意識可以在網路上分割開來，我可以日日閱讀誰的一言一語對他思流熟悉但終生無須認識，他無須時不時會她卻能感覺靠近。也許生活也是，每個人在不同社群選擇自己要表現的樣子，許多人與自己親親密密但你觸摸不到他的靈。網路是另一個生活空間，生活在某一個層面來說逐漸朝網路的發展型態下走去，虛擬與真實已沒有很明顯而絕對的定義，又或許我們太晚才了解到虛擬與真實其實本該由自己定義。

你說史特拉斯堡的日長開始變化，相信再過不久晚上十點天還是光亮的，走在這樣的燈光下，會不自覺原來人生已經很晚舊，想必新加坡、馬來西亞依舊是陽光普照的天氣。是呵新加坡這裡依然、總是炎熱。如我在此地的生活沒有很大的起伏及變化。也許我必須說我的日子是穩當的，可能在別人眼中看起來可以說是好的。工作方面升職加薪，但是工作量加倍，同時工作扼殺了我的創作能量，但別無他法，不工作我的身體會被經濟壓力扼殺。放下工作的晚上就去唸書看書練舞，我在生活，依照定義好好生活著，卻不是從心生活。從心生活是一種奢侈，至少對我而言一直都是。而我總想著也許總有一天會實現的吧，從心生活這種事。而這種微乎其微的可能大概是如今唯一支撐我不甘不願生活下去的少數安慰了。即使不實現也無所謂，人生過程中真正能實現的關於心願或者嚮往從來不是少之又少嗎我並沒特別悽涼。

但別問我如何定義從心生活，太難解釋了。我滿足於擁有一個條理，並沒多大興致追討細節。

前陣子從朋友的電影裡聽到王菲的暗湧，歌中有那麼一句：「害怕悲劇重演，我的命中命中越美麗的東西我越不可碰。」很長的一段時間我像著魔似的常常想著這一句然後發呆，很痛很重的發呆，有一種發呆是很沉重很痛的，過程中有跡可循的人事物暗影齊齊撲飛過來把自己淹沒壓擠得扭曲。你有沒看過邱妙津翻譯的安哲羅普洛斯的詩〈鸛鳥踟躕〉，出現在她的遺作《蒙馬特遺書》裡。我在巴黎時就住在蒙馬特，這個火一般的女人把利刃刺進自己心臟的那區。〈鸛鳥踟躕〉裡寫道：

……總是有個什麼人可以說：
這是我的。
我，沒有什麼東西是我的，
有一天我是不是可以驕傲地這麼說。

也許只能說許多東西是明白的接受的，僅止於明白的接受的，傷感無奈遺憾記憶等穿心是欠了時間的一樁可怕的債，最怕還附上利息浮起再沉陷的必須還上一生。

你說春天來了溫度回升，人也像蟲子般的甦醒四處攀爬扭動，女性們也開始袒胸露背的。那天經過博物館，就看到一個女人坐在草坪上敞開雙腳，露出白皙的內褲，大剌剌的剪指甲。春天的法國人很喜歡換上白色的衣物，再搭配顯色的內衣褲，就走在大街上若隱若現的。也不曉得為甚麼要告訴你這些無聊的事情，然後你自嘲。

前天看新聞，法航飛機在大西洋上神秘失蹤，我嘆息了一下為何自己不在那班班機上。生活好無聊，但變故不見得能讓生活有聊呵。馬奎斯說過所有的事物都有生命，問題是如何喚起它的靈性。而我們要如何喚醒生活的靈性，當人類如你信末說的自己是那麼的普通與微末。人類如何去抵抗當自己是躺在輸送帶上的罐頭而生活是凌駕其上的巨大怪手，連面對現實都不太簡單甚至很困難。只好像溺水一般，不要掙扎隨波浮沉苟活。悲哀及失望是每個人的家常便飯，想換口味得自己想辦法加菜。

急需一場旅行讓我焦躁分心，其他無恙。抱歉今年路經你城而不入，也許明年冬天再去史特拉斯堡探你，我總是喜歡冬天的冬天的刺骨寒意總是能讓我冷靜。

那年夏天的那本《百年孤寂》

親愛西米。如果有天妳接到我的信，信中我告訴你，我在沙漠，我在離島，我將離婚，我生了個孩子而孩子死了。其實，也沒有什麼好出奇的。

我原本就是這樣一個，無根漂浮的人。卻不願意任何人步我後塵。這樣的孤單感是實實在在的，比任何所謂幸福歸宿還要真實。在我眼裡，那些稍縱即逝的幸福活像螢火蟲明天早上就會死去的，那一瞬間的光芒騙不了人。

若我原本一無所有，也將能一無所缺，將不會害怕失去任何東西。

有一年我到妳的房間，忘了妳和貝卡在床上耳語些什麼，而我拎了妳放在桌上的《百年孤寂》離去。那本《百年孤寂》擱在書架上很久，在寫論文近乎窒息的夜晚終於翻開來看，一年後我再靜悄悄的放回妳桌子上。那年盛夏無比詭異，忽陰忽晴，刮風下雨；太陽偶爾躲在雲層後納涼，時不時露面把一些沒準備好的人曬傷。那年夏天我穿起白背心棉布裙，不斷的往淡水河畔的盡頭行走，直直走到燈塔沒有流淚的理由而覺得疑惑。那年夏天我在不開燈房間播放古希臘女聲哀吟，閉上眼睛在房間旋轉，製造出迷失的假象。那年夏天我與現在已經結婚生子的M躲在他在木柵的天台住所，聽他說他的詩人朋友導演朋友的故事聊到睡著，醒來時電視機仍霹靂啪啦的說著它的故事。那年夏天那個男子一腳踏進我的領域統管我的世界。

許多事情都在那年夏天擴散開來，那個熱氣團陷人於慵懶調性的季節。所有美麗所有畫面都隨熱氣團往上飄，就如《百年孤寂》中的美女瑞迪米娥忽然升空。世界並沒有被風沙給掩埋，反而繼續畸形的運轉。我在新加坡的捷運上看見一個女生專注的閱讀《百年孤寂》，好想上前問她：故事中建構的巨大孤立有沒有滲透入妳生命成為一種可口的毒。

邦迪亞上校在行刑之前，腦海浮現跟隨父親去尋找冰塊的那個遙遠午後。我不曉得他有沒有想起易家蘭手製的糖果動物，還有吉普賽人的煉金術。而那年夏天之後我漸漸懂了原來信心與勇氣是隨著環境熱漲冷縮。那年夏天之後我也漸漸懂了某些文人說的接近蒼老的平靜，所有提起放下都像咀嚼一塊沒有味道的糖，可或不可都無大礙。

慢慢的慢慢生命就能空出一個區塊。而這種空並非一種缺乏，反而讓人覺得平安。空洞一旦成為生活的內容，就無法抑制也無法再填滿。一再一再回流漸漸成就出另一種溫暖。漂流中的溫暖，像江水溪流，在山間田野流動的樣子多自然可愛。

親愛的西米，我是不是一個總是讓妳無語的朋友呢。總是丟一些問題給妳，實際上卻從來不想要答案。

What can I do to take you down,
in this merry-go-around

迪兒其芳。我忘了是否曾告訴你。我曾經作過一個夢，那時你已經在法國一段時間了。夢裡我去了法國的一個小鎮，風光明媚，飄著雪但很暖和。我記得要去找你，也知道要怎麼去找你，但忽然出現了一個女孩，一個面目模糊的女孩，千方百計阻止我的方向。我迷了路但並不慌亂，只是繼續行走。然後我甦醒，起床梳洗上班。

上班族沒有權力沉湎在情緒的魚缸。

你說你在聽著孫燕姿的《不能和你在一起》，問我是不是以前愛情有甚麼事的時候，就會找朋友出來說點話？那段時間是甚麼時候呢？十七、十八還是

二十一、二十二？

我的終止在二十二歲，大學畢業之前。我在大學時有三個很要好的朋友，彼此之間有一種很親密的任性默許，無論何時何刻都可以向對方敞開透露悲喜。例如半夜忽然哭著跑到她們床前哭訴一輪然後消失，等她們回過神來才匆匆忙忙披衣去尋以免我做傻事。大學畢業之後大家各分東西，我在世界某個城市角落居住下來，無須動手那扇對外的窗口就啪啦一聲的關閉，從此上鎖。

從此上鎖。我靜靜站在窗內看著陽光灑進來，我的歷練已經足以知道怎麼讓陽光灑進讓這個世界不過於黑暗。

這種類似自我封閉的姿態其實是一種保護，世界越來越壞了你覺不覺得。每個人對傷害別人越來越拿手，心態也越來越理所當然。《沒問題先生》裡有說這世界是個大遊樂場，我們當小孩時都深知這點，只是後來就漸漸忘記了。但後來我漸漸覺得不管哪種關係都開始變成好像在玩碰碰車，似乎一定要撞上別人才好玩才精采。但根本沒有人想過，其實有些人只是想好好的開車，在有限的時間裡享受駕駛的樂趣。

又是誰賦予那些人任性的默許呢。還是我們也應該該狠狠踩上油門與他們互撞，享受受傷的快感？

我今天早上忽然想聽許美靜，你是否記得我們中學時候，好多電視連續劇都用她的歌來當主題曲。我總是記得一首叫《單數》的歌，許美靜在唱到某一句時特別悲傷特別絕望：「我不求能永遠的幸福／卻又不自覺不停的追逐……我不求能一生的廝守／承諾只是你一時的感觸」。幾年後就爆發出她和陳佳明的婚外情事件，我心裡浮現了奇異的聯想，深信那就是許美靜內心的呼喊，由始作庸者親自書寫而出，多麼諷刺。

我們常說人生不是在演電影，人生就是腳踏實地的，會發生的事情就會發生，不會發生的事情就不會發生。說人生不是在演電影再正確不過了，因為不會發生的事情會在電影裡確切發生，並且發生得很徹底很完整。例如多年守候會有美滿結局，犯了滔天大罪最終得以被寬恕，不孕的女子最終奇蹟式的有了小孩等等。

我曾任多年電影預告片製片，看了好幾百部片子。電影的模式通常為男女主角在面對挫折之後，痛苦哀傷不超過十五分鐘，馬上生命又漸入佳境。片子不會去描寫他們如何從患難中重生。而我們在現實生活中一直在經營的，一定會經歷的是那些電影裡不會著墨的部分——如何痊癒，如何在受傷後站起來把自己活得像一個沒事的人。那是最艱難也最難看的部分，世界太壞了每天都有人被傷害，大家都要一起努力把這些部分收起來，以免有礙瞻觀。生活已經著實夠累，不管唸書工作都耗費了大半的精力，何必彼此為難。

所以每當墜入愛河以後，我都會展開其實毫無必要的反覆思索猶豫，我身體裡面都住著的那麼孤獨那麼容易不安的靈魂。我的敏感面極其銳利，極其容易傷了別人，再狠狠的分割自己，那麼不經意，好像在閱讀時手指劃過書的扉頁，瞬間血如泉湧痛入心扉。所以我清楚自己會是一個多麼大的負擔，要承擔我的人必須要有很大的容忍及能量。

我的心胸極其狹窄，我的愛情極其跋扈。我極其需要專注。只要我覺得對方不夠投入，我就將失去繼續愛你的原動力。我大部分的放縱以及寬容只給予我不在乎的人，這樣很怪。但就因為我不在乎，他們要做甚麼，對我有甚麼看法，我懶得管。

是我氣度不足。是我太小家子氣。是我太好高騖遠。我坦承自己就像方娥真寫的：「我只會在筆下看世事／在文章裡懂人情」的那般女子。

有一次我問起一個男生和他前上海女友的事情，問他們還有連絡嗎，她還會恨他嗎。男生聳聳肩說不會，那上海女孩是一個在感情上非常成熟的女生，「習於拋棄人，也習於被拋棄。」我駭笑。

「習於拋棄人，也習於被拋棄。」原來這就是一個在感情上非常成熟的女生的定義。彷彿現實世界開宗明義的說這不是伊甸園親愛的，妳要從自己的血淋淋的傷口裡站起來，下次就輪到妳頭也不回的踩過別人的傷口。

我心微寒。只好播起卡本特兄妹的《the Rainbow Connection》，讓歌曲溫暖我。「Someday you'll find it, the rainbow connection, the lover, the dreamer, and me.」歌中只唱有一天，沒有說哪一天。它是很客觀的，並沒有誤導成分，它也明明白白的這樣唱：「who said that wishes, will be heard and answered.」是誰說心願，

一定會被聆聽並且答覆呢。

夢想成真已經很少見，越來越少見了。偶爾會驚鴻一瞥，讓人望梅止渴。

後來那男生也問我，喜不喜歡玩旋轉木馬。我說我愛啊，喜歡旋轉木馬的燈光流轉，音樂流瀉，在那旋動的時光裡你會頭暈目眩不知歌曲何時會唱完。他問我玩旋轉木馬喜歡換馬嗎，我說換啊，當然換啊，不換不好玩。他說我也是，然後瞇起眼笑得很開心，像個大孩子。

而我沒有說的是，我會一直換一直換一直換，一直換到我決定坐定，即使在旋動的時光裡會頭暈目眩不知歌曲何時會唱完，但我深知音樂一定停止，若持續不斷的轉換，最後會連一匹木馬都坐不到。我想在音樂停止之前，好好坐在我選定的木馬上，好好享受那美好安愉，即使下一秒我必須離開。

若我得離開，我渴望，有一個我渴望的人，捉著我的手叫我別離開，或者願意和我一起離開。

「渴望」這詞，用起來好用力好沉重。

也許首先我必須離開的，就是這些不切實際的渴望，以及諸如此類的相關。

你

微醺在無人的餐廳。寫一封電郵，內容只有四個字：我很想你。

望著螢幕長長的發起呆來。侍應取走桌上的空酒杯，再送來一杯新的紅酒。常窩在同間餐廳同個位置用餐書寫，他們已熟知我的餐飲喜好，也已習慣我種種正常或不正常的舉止。

習慣我長長的發呆，習慣我長長的沉默。

我按了寄出鍵。次日同間餐廳同個座位，你沒有回。之後連續幾個同間餐廳同個位置的次日累積至一週，你依然沒有回。

我想這是你給我的懲罰。那麼多年了，你依然極度任性跋扈，想要得到的東西必須即刻得到，發出的提問必須即時得到回應。如果沒有，撇棄的姿態那麼斷然。

曾經我也如此。對你的愛茁壯如一株著火的花，想盡辦法盛開在你生命中最顯眼的地帶，立意跟隨立意逼近。被包附被灼傷被壓迫的你，反覆逃離親近，逃離又親近的過程。

給予的是我，接受的是你。啟始的是我，終結的是你。終於你決定在我與你的牽連間狠狠割出斷層，我知道繼續沉陷將是一場萬劫不復，於是帶著殘存的自尊朝與你相反的方向奔跑，告訴自己跑得越遠越好。最好永遠不要再想起，最好永遠不要再遇到。

我嘗試不說「當作這個人從來沒出現在我生命中好了」之類的話。即使曾有這個念頭。有什麼用呢。我一直不夠聰明冷漠，一輩子都無法成為那樣的人。

所幸上帝讓我懂得接受。接受事實面對現實。接受是一種力量，讓我帶著也許會痊癒也許永不間斷淌血的傷口，在從來不等誰的時間海洋裡緩緩往前漂浮。

而想起你那麼痛。眼睛每每起霧，必須別過意念去做其他事情去看其他風景。越過一個又一個轉角，越發平息開闊。以為傷口快要結痂。

只是漂浮中又見你向我招手。已經無法數算是你第幾次的消失及再臨。最近一次消失近一年後，你捎來一通深夜電話。你說回到台北，找到舊手機，發現還有我的號碼，很興奮。所以，打電話給我。

這不構成你打電話的理由，一點都不足以構成你再打電話給我的理由。我說。

不記得你說了什麼，近兩小時的通話我由頭到尾泣不成聲。已很久沒這樣無法克制自己的情緒，連自己都訝異。

也許我不該打這通電話。掛電話之前你說。

但之後你還是打了。當我在布里斯本，嘗試過平靜日子，每天早上搭公車去學舞，下課後在夕陽中走一個小時的路回住處。晚間洗好澡坐在電視機前，接起你的電話，接踵而至的是一場又一場的爭執與和解。我繼續旅程往義大利，看見你的號碼，我沒有接，你終於也停止來電。回到新加坡，繼續重蹈電話中一場又一場的爭執再和解的覆轍。

最後一次爭執，你要我給你一個解釋。你問我為何一切變得困難。我說我會寫電郵給你。但我寫了又刪，刪了又寫，如此好多好多遍。終於寫完了又猶豫也許不該寄，在決定寄時又全部刪除重新寫。寫了無數次就是，寫不出來。

我存心不存起你的電話號碼只為不給自己有機會聯絡你。你也存心不再給我消息也許不為什麼。

也許這是你給我的結束。也許這是命運給我和你的結束。

結束原來其實可以如此輕易。是現代人的悲哀還是喜訊。

某次爭執中你質問：妳跳探戈那麼久，難道不懂探戈是兩個人之間的事，一進一退都需要兩個人的配合。

你並不跳探戈，理論上那麼說沒有錯。但我沒有回應。沒有告訴你我心中真正的想法。沒有告訴你在探戈中，兩人能順暢無阻的進退共舞之前，需要多少的碰撞阻擾及練習。每個大師在教學中，都不斷強調自身技巧的練習，雙方配合的練習是每一日的功課，是一輩子的過程。

兩個人之間，難道不應該也是這樣的一個過程。

而想來我和你之間，並沒有那樣一個過程。我們共有的，只是不顧一切的相互靠近再相互毀滅，相互佔據再相互汲取，相互尋覓相互推拒。除此之外還有什麼呢。

我和你的愛沒有生活，沒有根基。我給你的愛是一種自虐似的依戀，源自於年少心無旁騖的燃燒至今還未熄滅的餘燼。你給我的愛是一種膽怯的自私，用一次又一次的消失及再臨，滋潤你需要的被愛的虛榮，讓我懸空讓我失足。

我們把自己的脆弱及需要投射在彼此身上成為愛再成為傷害，再理所當然的活在其中過日子。各過各的日子。

你明明看見我在海洋中漂浮，而你並沒有伸手將我拉起。你不想，抑或你不確定。

我明明知道你無論如何終將是一場海市蜃樓。當多年以前我已學會接受。我太貪婪，抑或不夠堅強。

你也明明知道你不應該再靠近。你忘了，抑或之於你我的痛根本與你無關。

我帶著傷口，繼續在從來不等誰的時間海洋裡緩緩往前漂浮。而殘缺的生命裡誰不是這樣。

海水中有鹹。有回憶畫面淹過的鹹有我的眼淚的鹹，有我隱忍思念而咬破嘴唇溢出的血的鹹。念你念成心魔，四面八方化身鯊襲擊我，我不惶恐。

我是那麼努力朝有陸地的方向游。我知道我一定能抵達。

輯四

我依然想要手牽手的
與你一起變老

【後來我想起自己曾這樣悵然的寫……她不斷的與舊朋友重逢，不斷的認識新朋友，卻沒有再遇見那樣的一個人或一些人。可以觸摸至彼此心房，不會感覺彼此之間隔者一道牆的，一個人或一些人。這世界上真的有這些這樣的人，我們也遇到過。然後就彷彿注定的，走過、經過、錯過，連那時的自己也跟著他們走丟，在現在以及之後的歲月遍尋不獲。】

我依然想要手牽手的與你一起變老

後來只能寫電郵給你。即使不確定你有沒有看，也知道你不會回。前天我寫說又夢見了你，夢裡你在人群中走到我面前，讓我拉著你衣袖很久很久。夢境很緩慢的流動到天明醒來時刻。這是這個月第五次夢見你，算不清是分開後第幾次夢見你。

昨晚如常工作到深夜，離開公司前拉開抽屜看見李歐納柯恩的唱片，一九七九年Field Commander Cohen演唱會錄音那一張。這張屬於你的碟，在從前共同生活的日子被我拿來公司聽，就一直沒有歸還，直到如今。你曾把它與李歐納柯恩的著作《美麗失敗者》一起放在公司座位上，然後慎重其事的說這是一套完整的象徵意義。你曾在房間播放這張專輯，隨著柯恩的歌聲刁著煙唱一首叫《回憶》的歌曲，在唱到「讓我看一看，讓我看一看，妳赤裸的身體吧」時，把坐在床上看著你自娛的我的睡袍扯下來，我愣了一下然後開罵，你若無其事回到書桌前喝啤酒。也記得你在《美麗失敗者》的第十頁的部份用螢光筆畫上：「我們必須懂得勇敢的停留在表面上，我們必須學會去愛表象。」我一直沒有問為什麼，只覺每樣事物觸動人心的部份並不同。而這本書，我也一直沒有看完。

我們之間多麼多麼的不同，從認識之際就知道彼此非常的不同。初識之際隔著海洋，將近一年的時間我們馬拉松似成天傳訊；你的簡訊直接了當語氣分明，我的簡訊總是黏膩而遲疑。我們之間的各種想法以及生活習慣大相徑庭，卻像磁鐵一樣正反兩極彼此吸附在一起。後來我思考我們之間是否只是宿命做的一個小實驗，在那時把我與你從世界上那麼多人挑出來聯結在一起，然後以一種看好戲的心態看之後的發展，然後又興起像玩彈珠似的把我們彼此彈開彈得遠遠的彈到不同的區域。罪魁禍首的我被奪去了手腳只好慢慢滾動，循著自己的決心慢慢滾動卻怎麼卻再也找不到你。然後發現你已經跳入不同的格子，用渺無音訊隔絕我苟延殘喘的追尋。

於是像是一種無止境的循環。豁然個幾日，忘懷個幾日，平靜個幾日，焦躁個幾日，低落個幾日然後重複。而太陽昇起又降落依照它每天的作息，如我無法抑止的想念你渴望你的心情，在夜間無聲傾注開啟。痛得無法自己或默默流淚，微笑哭泣到面無表情。我沒有刻意堅定立場去遺忘去拋開或者等待或者執著，就像把身體平放在水面上，任浮力帶我飄向任何一方。我一直不諳水性，甚至怕水，這已經是我最大的能力極限。

我失去了所有泅泳的力氣，不能退後卻也不能前進，只好停在原地等時間推進。而每一件後來發生的事情卻只像小小潮水淹過我的腳踝，水分最終都將在空氣中蒸發。也越對照出只有你能像月亮產生引力掀起狂波翻覆我的海岸。我遍尋不獲你，如一扇已經開啟的門遍尋不獲唯一的鑰匙，鎖不上所有眷戀關不緊所有失序還頻頻被門檻絆倒，跌久了就習慣這種痛楚。只是門還開著門板在風中搖曳，一點風吹草動都叫人驚心。

雖然我很清楚的你已經是珊妮的歌夏宇的詩裡唱的一張郵票離開了集郵冊就再也回不去。

某個被傾盆大雨驚醒的深夜，握著馬克杯坐在電腦前，看見友人阿因在部落格那麼寫：我曾想要與你手牽手的一起變老。我淚盈於睫。

我們第一次牽手在家鄉海邊，面對停泊港灣的鄭和號。那時並沒任何承諾，但夜深了風很大有點涼，彼此握著手搓著掌心交換溫暖。橋上燈光昏黃有人釣魚，只有車路過的聲響很安靜，如同我們牽手又再放開都很安靜。你後來來K城找我，送你離開之前我很想給你一個擁抱，但是你用眼神說不可以，我只好安靜的看著你離去的背影。你開車時我從座位下拿出唱片匣換唱片，車內只有樂聲飄蕩以及偶爾的交談。那些安靜似乎在提醒我們親密以外的禁忌，也似乎同樣在預言後來的結局，爆裂以後降臨的安靜。

安靜得像什麼事情都沒有發生過。安靜得像回歸我們交集之前的風景，只餘我不甘平息的洶湧。想來哀傷的是我竟然沒有什麼憑據能證明我們的曾經。我只能把自己的手舉起去想著你的手。過馬路時一定會牽我的你的手。看電影時與我共披一件披肩讓我把手插入你的臂彎。我發燒時覆蓋在頭上測試我的熱度把藥遞給我的你的手。直直伸著要我幫你剪指甲的你的手。睡眠間環繞我的身體的你的手。幫我吹頭髮的你的手。與我一起上超市買菜一起做飯的你的手。在我生理痛時泡紅棗茶給我的你的手。尷尷尬尬送玫瑰給我的你的手。要專心工作所以拍拍我叫我先自己到一邊玩耍的你的手。

你觸碰的痕跡不曾磨滅，連一個無意留下的指紋都太清晰。你的手曾圈成我的全世界，捧著我最美好的光陰。我受了委屈飛奔過去你的手就能擋去所有風雨。你的雙手充滿了聲音在我的語音信箱一遍一遍播放。你的雙手擱置佔據每個位置。你的雙手穿越記憶的荒原成為現實裡最真實的臉。前幾天和姐妹淘們吃飯，說起我不管到城市的哪個角落都會想到你，也許我應該離開這個城市吧，也許要離開才可以忘了你。平常迷糊的維琪語出驚人的說：到時妳可能又覺得太想念他所以只好又回到原地。

我笑了又覺得很哀傷。我是記得自己說過的：逃到天涯海角逃不過對自己的質疑。

我已經沒有資格去問，我在你眼中到底殘留下什麼風景及餘音。我明白也許只是一張嚴重刮傷再也無法讀取的唱片，即使曾經珍愛的可以。所以我只能自私的收著屬於你的李歐納柯恩的唱片不還給你，慎重其事的成為毫無意義的象徵意義。

我依然想要手牽手的與你一起變老。但那只是我自己的問題。其實我知道的真的只是我自己的問題。

請勿責怪，我的心

幾年前看電影《夜戀》，聽到克萊兒丹妮絲唱《任時間過去》，感慨甚深。

《任時間過去》是我聽到的第一首切貝克演唱的歌曲。這個我最喜歡的小喇叭手兼歌手，擁有俊秀外表耀眼才華，一生恣意的讓毒品、暴力與複雜的男女關係，不斷磨損傷害自己。其實撇開他動人得讓人窒息的音樂來說，他根本是一個徹頭徹尾的大渾蛋，但他就是有辦法讓敝人對他不由自主的愛慕原諒。

小時候每回從電台聽到他的歌，都會陷入很長的沉默及憂鬱。當時並不太了解歌詞裡在唱甚麼，但那冷淡呢喃沒甚麼情感的唱腔，因為沒有賣弄的緣故，各種情緒反而是直直插入心臟，在胸腔中飛揚擴散成它應有的模樣。

你從前常在家裡播切貝克，我坐在床邊用電腦或看書，靜靜的聽。有次想起中學時候，我告訴英文老師說我真的好愛切貝克，老師笑說親愛的，他一點都不值得妳愛。但不知為何並沒對你提起；總是有好多好多的話，跳躍過腦海又沉下，想著以後再說吧，但並不曉得有些東西將永遠淹沒在時間之海。

分手後獨居，每當放切貝克，記憶膠卷會播放當初關了燈的房間裡，你坐在書桌前在電腦上繪圖，刁著煙，桌邊擺瓶啤酒或是陪我喝的紅酒，極瘦的身影在牆上打出不規則的影子。也想起有次我陪你加班，你在無人的辦公室很大聲張狂的放著陳珊妮，我媽忽然打電話來，問我們在哪裡，為甚麼會有迪斯可的音樂。你後來常拿來自嘲，說我女友的媽媽不喜歡我，很瘦太瘦了好像吸毒，而且還聽電音愛跑趴。每回說完我跟你都笑得東倒西歪，即使沒甚麼好笑的。

我想即使當初對你說了那些忽然掠過腦海的畫面，分手依然是種必然。生命充斥太多我們無從所知的必然，總會在它應該發生的時候成形成真。其實是很理所當然的，只是我們沒有準備而感覺受傷。

分手後，我們並沒有聯絡。你徹底的把我隔絕，電話不接電郵不回，徹底的把我隔絕。聽說你已經搬離當初的住處；有幾次看見你身影的錯覺，在公車站在天橋下在人群中，但我不敢仔細去確認。某次在臉書上看到你評論了我們之間唯一共同的朋友整理書架的狀況，你問要不要跟你一樣用顏色來排列書本。我想起當初的房間，你只是隨便把書堆著，想看就抽出來。你現在的房間是甚麼樣子呢，是否還留著當初我們一起買的那盞燈，我們衣服親密依偎的架子，而我唯一可以確定的，就是房間一角不再擺著我的古箏，或者任何有關我的東西。

而你會不會偶爾也會想，分開之後的我有甚麼不同呢。分開之後，我更用力的工作然後終於升了職，換了髮型，學會畫眼線，開始變本加厲的旅行，開始學舞，重新繼續上德文課，重拾滑直排輪，動了一次手術切除子宮瘤。然後辭職隻身來到阿根廷，實踐了總是掛在嘴上的漂流。當然這些你都不會也不想知道的，或者一絲類似的想法都不會有，你非常理智成熟，最初就是這一點與我的浪漫衝動徹底相反的這點深深吸引我，一切後續只是我一廂情願的煽情編劇而已。並且我已經沒有權力再進入你現在的生活，當然也沒有那個必要，甚至也不應該有那個念頭。任何動作都是對你的一種打擾。

我也只是在聽切貝克的歌，偶爾會想到你，當然也並非每一次都會想到你，有時會想到我在法國遇到的那個長得很像切貝克的大提琴手，或者高中英文老師，或者童年時候最喜歡的ＤＪ等等，就任腦細胞給我配給任何畫面人物。我也只是在聽切貝克的歌，在想到你，或者其他腦細胞配給的任何人物及畫面時，稍微借助當初生活的平靜，來安慰自己如今的躁鬱孤寂。

若這種種看似沉溺，請勿責怪，還不夠強壯我的心。

你總是如此溫暖的，出現在我的夢裡。

總是記得的。我二十四歲生日那日，你帶我到比利時餐廳吃飯。用餐間你忽然沒頭沒腦的說：「雖然我沒有辦法帶你去比利時，但至少可以帶你到比利時餐廳吃飯。」你知道我大學時學法文，也知道我曾一心要到比利時念研究所，卻因種種因素沒有成行。我愣了一下，放下刀叉，用大笑掩飾自己的不知所措及感動。

離開比利時餐廳，我們散步到濱海藝術中心，我買了一張珍娜賽德的唱片。你問我為何買唱片，我說因為你沒有送我生日禮物啊。你哦了一下再問：那妳會不會每一年都這樣說？我再笑笑說當然不會，明天給我補上鑽石戒指。

那是我剛遷徙到新加坡的事，那時我還沒找到工作。而你只是一個小小平面設計師，有一筆為數不小的房貸要繳，我們的經濟狀況算不上窘迫但決非寬裕，兩個人住在一間小小雅房，平日少數的消遣只有看電影，大部份週末待在家看電視。你躺在小沙發上，拿著遙控器換台換到睡著；我坐在地板上，邊有一搭沒一搭的邊看電視邊在筆電上寫點什麼，熱天午後讓人出了一身汗也讓人昏昏欲睡。我把頭枕在你瘦巴巴的肚子上閉上眼睛，醒來時已是黃昏，人去沙發空，你坐在房間裡的電腦前，繼續你的設計。電視還在說著未完的故事。

分手之後，我搬了幾次家，總算加了薪、升了職，也真正去了比利時，還有歐洲其他國家。這幾年間，常自己一個人到濱海藝術中心看演唱會，角落的小唱片行已經關閉變成了餐廳。也常自己一個人在加班後的夜晚，到那家比利時餐廳，坐在同樣的位置，點一瓶比利時啤酒一份淡菜，坐到打烊，再意猶未盡的買一瓶Trappist Ale或Lambic回家。每回去那家餐廳，當初我和你用餐的那個位置總是空置，就如我身邊的位置，在人來人往之後依然懸空。餐廳並沒有禁止別人就座，就如我並沒有抗拒別人的靠近。只是好像一種狀況，就這樣持續著。而生命，還沒帶我臨到改變。

雖然你還時不時入夢。每回的夢都很類似，在某一個日常生活場景，你忽然出現。我倆很正常的對話，進行當下手邊的動作，彷彿從來沒有分開過。夢中沒有特別激情，也沒有特別撼動。醒來之後沒有特別感慨，也沒有特別遺憾。就是平平淡淡的，好像每天需要起床上班一樣。

新加坡那麼小，一直到我離開，到了半個地球之外的阿根廷，我們都沒再碰過面。而我卻是了解的，重逢沒有我們想像中浪漫，復合絕對不可能圓滿。有的話也只是別人的故事，聽說過並難以驗證的例外。現實很誠實，總是誠實得幾近殘酷。

二〇一一年的最後一天，我曾許下願望，希望每一夜都能安然入睡。所以。晚安，親愛的。謝謝你總是如此溫暖的，出現在我的夢裡。

輯五

小塵埃

【妳睡醒時剛好是，貓的冬天。貓自懂得計算季節，在洗臉與不洗臉間，在跳躍與不跳躍間，在曬太陽與不曬太陽間。貓的鬍子隨著呼與吸顫動，一些塵埃悄悄落在上面。這隻貓已經三歲而那一隻，五歲。兩隻都是兒童畫報上最常見的橘色。十八歲的失戀，妳想著要在二十五歲時住在一間向海的公寓養一隻雪白的波斯。二十三歲的下班黃昏，妳在提款機匯完房租拿一些西莎逗來往的野貓。二十八歲的聖誕節，妳買了一本兒童畫報，擺攤的小孩說：謝謝阿姨。妳經過街市，肉販笑嘻嘻朝妳說：太太買斤肉。妳仔細計算，同年齡的貓其實已活了一百多歲得道升天。如貓之洗臉，在一舔一抹一闔眼間，青春因為短暫而顯得可貴，青春因為消逝而顯得狼狽。妳睡醒時發現，身在一個陌生的季節，妳一直不太擅長，計算季節，在別人給妳的有限時間。】

旁觀

到餐廳小酌，被情侶左右夾攻。置身左右的兩對情侶年紀都挺小，剛上大學的模樣。左方情侶面對面，喝著奶昔，微笑凝望沒有對話。右方情侶隔鄰而坐，女孩把頭埋在男孩臂彎，男孩深吻女孩髮絲。

靜靜觀看。記憶中也曾被那樣愛憐的眼光注視，溫柔擴張成全世界。記憶中也曾被那樣疼惜的擁在懷中，輕輕撫摸我的臉龐我的髮。看起來再平凡不過的一雙手，能散發那麼無與倫比的溫暖，照耀我鼻子的弧線，臉頰的雀斑，照耀我的每一日每一夜。

時間決定人事已非，只餘記憶中的觸覺及畫面。要到很久之後才知道消逝屬一種應當，無力挽留。

也要到很久之後才知道挽留是徒然。

而時間的流逝速率往往不等同感覺的消弭。前幾日整理檔案，看見自己○六年時書寫的文字：「年輕的時候總以為日子還長就任性的彼此傷害。然後再任性的以為時間可以埋沒。卻不了解很多東西像痣即使點掉了它依然存在表皮下同樣地方。」

受傷以後努力往前走，越傷得深將越努力往前走，即使心偶爾會不甘不願的回頭，或試探性質的回頭。

也許發現自己已經豁然開朗的清澈。也許發現自己原來依然不能面對的軟弱。更多時候是兩種情緒互相滲透膠著。

然而嘆息、微笑之後，除了往前走，並沒有其他更好的選擇。心可以念舊，感傷可以回頭。種種熟悉而溫暖氛圍讓人感動讓人願意停留，卻不等同生活。

生活從來都不完美，於是格外珍惜尚能行走的能力。桃花依舊笑春風的刺骨只留待無人知曉的暗夜消受。

轉機

上次搭阿聯酋航空已經是幾年前飛巴黎的事。當艙內燈光熄滅，可以看見機艙頂端綴著大小不一的燈光，彷彿夜空有星閃爍。

幾年前在筆記本上寫下這件事，詳細註解我忘了。當時在杜拜機場等待轉機時，拿著同本筆記本，四處走動找陌生人攀談，請他們隨意在筆記本上寫些什麼。有個德國男子寫：人生是一場轉機般的邂逅。他在柏林動物園工作，幾封電郵後就失去聯絡。

久久無法遺忘的留言，來自一個美國退休飛機師，名叫邁可。他說起年輕時愛到處飛，妻子提過很多次想要小孩，他因工作關係及種種不確定而不斷推延。待到終於做了決定，妻子卻患上子宮癌，得將子宮切除。他轉頭，凝視他瘦削而蒼白的妻子坐在椅子另一頭看著一本書，面帶淺淺微笑，沉默安愉。他那樣寫：別讓猶豫戰勝你。

幾年後搭同家航空，飛往巴黎另一端的布宜諾斯艾利斯，心情及旅程目的等等已經截然不同。只餘依然聽著艾美懷絲，呢喃的唱：愛是一場必敗的遊戲，多希望我未曾參與。

一直喜歡這首歌的試唱帶版多過錄音室版本，零零碎碎的吉它，未經修飾的演譯，種種不完美更加貼近真實生命的模樣，那種滄桑與荒涼。

我坐在幾年前轉機時打發時間的同家星巴克，看著陌生人潮，想著他們會有什麼樣的故事，想問幾年前的嘆息是否依然在心底沙沙作響，或已如星隕歿。而我只是待在原地。一些經歷之後，就真明白成也時間，敗也時間。唯有時間可以消弭唯有時間讓人痊癒，無論在緩慢流動的當下，心如何被分針秒針灼燒得泣血椎心。

也明白人生光景，就像試唱帶一樣，每個人都能錄，只是錄得如何的問題。唱得再好，也不一定會有正式錄音、發片宣傳、大紅大紫的機會。怎麼唱就怎麼錄，唱完之後就是那麼一回事，並不需要狂打，當做一個紀念自己品嘗，這是自己生命的篇章，無須拼死拼活都要擠上排行榜，或強迫別人合唱。你說是不是。

漫畫怪醫秦博士的結局，秦博士在做了一個由過去與未來交織的怪夢之後，飛機駛向天某一端，從這個世界憑空消失。壞掉的過往不可能自欺欺人的抹殺掉，但我……

我在轉機的路上，這班班機攜我抵達阿根廷，時間翅膀仍在未知的導航。

對話

想起某年在布魯日小酒館的那場大哭，還有那個金髮女子。

一個人漂流歐洲的冬季，夜裡冒雪拜訪小酒館。喝著忽然淚盈於睫，就捧著臉哭起來，哭上好一陣。待情緒冷靜下來，擦去眼淚，點杯啤酒。

鄰座有女子轉頭問：親愛的，妳還好嗎？

我微笑回答，一個人在旅途中太久，感到有點孤單而已。

她也微笑。每個人或多或少都會。

我們向彼此舉杯，結束這段對話。

次日早晨我將從布魯日前往盧森堡。從民宿出來，背著大背包走向公車站，在郵局門口看到該女子坐在階梯上抽煙。這才看清楚她的模樣，金色長髮，眼珠湛藍，身上血紅毛衣更顯她肌膚如雪。

她也看見我，朝我點點頭。我到她身邊坐下，接過她遞來的煙。

妳的圍巾很漂亮，自己打的嗎。她問。我點點頭。

我是鋼琴老師，手指很靈活，但是不會打圍巾。她將雙手疊在一起，轉動大拇指。纖細修長的手指令人羨慕。

昨天我有來這裡寄信。我指著郵局大門。寄給自己，上面寫：無風無雨。

如果是我我會寫：他媽的好冷哦。她哈哈大笑起來。

是真的很冷，我說。但是，又沒那麼冷，所以還可以承受。我回答。

我中學的時候常常在這裡等我男朋友。她指著郵局大門。坐在階梯上，邊等邊聽音樂，完全掩蓋外界雜聲，他在樂聲中向我走來，那舉手投足，那微笑，那快樂的表情，好像電影中的人物。

女子繼續說。如此日復一日，日復一日，有一天，約定時間到了，他沒有來。我坐著等了兩個小時，他也沒有來。我打電話給他，手機關機。打電話到他家，他媽媽說他離開布魯日了。

她又點了一根煙。然後我就沒來了，連經過也儘量避免。除了每年他生日，會過來，待一個晚上。

我們是向同個老師學琴認識的。每年他生日，我們都會在郵局門口，坐在階梯上，聊一整夜。十幾年就這樣過去了呢，光陰似箭。她繼續說。

妳昨夜為什麼哭。她問。

我深愛的人曾在這國度住過一段時間。我想要前往，假想自己的步履，覆蓋上他的過往痕跡。卻連進入他的城市都不敢。

而我們已經很久沒有聯絡了。我笑。明明知道這點，卻還會想這樣做讓我覺得自己很可悲。

妳和我有點像。她說。知道自己被棄置之後，就坦然接受了。為什麼會這樣。其實應該跑到天涯海角都要把他揪出來，問個清楚，妳說是不是。

想來應該是的。但我害怕找到他之後，問到的答案自己無法接受。那不是更糟。我回答。我很膽怯，沒辦法接受更糟的結果。

只好躲進傷痕泡沫裡自以為化身美人魚了。我笑。

公車來了，我起身，向她揮手說保重，上了公車。她給我一個微笑，如冬日陽光般微弱。

後來想起我們並沒有問對方的名字。想來那也是不太重要的環節。

在這個渺茫的城市，誰都不能參與誰的蒼涼，誰都無法茁壯誰的軟弱。一個眼神，一根煙，一段對話，都是一些溫暖，稍稍撫慰某些時刻的某點傷感。

生命將繼續在紅塵裡翻，何種形式是必須自行負責的提問及答案。

擔待無礙

想切點水果來補償被煙酒摧殘已久的身體，拆開新買的刀子時不小心割傷手指。竟然是以血祭來開光，這刀面子還真大。

翻遍家裡找不到膠布消毒藥水，房東也沒儲備藥品這等玩意。於是拿衛生紙邊按著傷口邊猛滴血邊往對面公寓附近的藥妝店走去，望著沿途流下的血跡心想：反正剛搬來這裡不熟，等下沿著血跡就能走回家了，好像糖果屋裡的那幾個小孩與小石頭。

在藥妝店買了消毒藥水、藥膏、棉花、繃帶，拿開衛生紙當場清理傷口。感覺痛微皺眉，胖子店員問：妳常割傷嗎動作很利落。我笑笑沒有回答。

真沒禮貌的問題。一個人失戀了照常吃飯工作不鬧不哭，難道就能問他／她：你常失戀嗎表現好冷靜。

創傷時時有，不過每每還是痛。就如感冒常常來報到，但每每還是難受。不該耗費太多血淚才明白有些東西終究是習慣不來。越早懂得擔待對身心越無害。

難免多情

我在書店看到了你喜歡的林燿德。

不是你書架上的那本。那時在你家你把他的詩集從書架上拿下說，你好喜歡這本。你好喜歡林燿德。我告訴你在我的生命中有個叫鐘曉陽的香港作家。我買過她幾本詩集和散文。我現在還記得她那些無聲燃燒的文字。後來書在輾轉的搬遷中弄丟了而我依然記得十三四歲時看著她的文字看著看著淚流不止。

於是也很喜歡齊豫的《最愛》，改編自鐘曉陽的詩的歌詞。

紅顏若是只為一段情／就讓一生只為這段情／一生只愛一個人／一世只懷一種愁……

很動人的情懷呵。但臨至這年代，有些情懷只適合在歌中吟唱在詩中微醺。我總是說世界很大會遇到很多人，所以失業了還是會找到新工作，失敗了還是會再爬起，失戀了還是會再戀愛，離婚了也許還是會再結婚。因為人總要往前走，如果在僅僅的年歲中沒遇到絕境。

也許我們都是幸福的孩子，擁有一些不滅的力量，跌倒再爬起，受傷再生長。

很多東西很多人從時間的縫隙穿過去了從此不再提起不再有交集。有的東西卻在穿越那刻停頓在你心裡，然後就像土地下沒人看見的根密密的沿著心臟血管的地方蔓延生長。

記憶是一種恐怖的能量，為以後經歷蓋出樓梯或者高牆。同時是無窮無盡的寶藏，堆碓出生命完整與價值。

畢業後多年在即時通訊軟體上跟大學同學祥閒聊。他問我有沒有變胖因為上班之後都會胖個幾公斤的，他說他還記得大學的迎新舞會上同我跳舞，他的手環繞的我的腰剛剛好。

我忽然想起當時對他很輕很輕然後理所當然隨時間消逝的好感。那支舞畢竟是沒能跳到天荒地老就像我們總要大學畢業踏上各自的旅程。

年輕心靈難免多情。可是年輕心靈是總會消逝的精靈。

所以親愛的你。當我們相遇時在各自奔跑的路上，用不同姿態懷抱不同的嚮往。我不知從何燃燒起的火熱常把自己灼傷；而你，你從不說關於你的任何事情。你選擇當這樣一個自我封鎖的人，秘密的感覺給了身邊的人距離卻給你極大的安全感。

所以當我拿起你喜歡的林燿德時，你說你好喜歡他而我同你分享鐘曉陽如何影響我的生命。後來常想我與你的故事就應該留在那刻。那刻的交流多溫柔美好，之後的延續，你的膽怯我的多心，冷冰冰的吞噬掉所有甜美所有暖意。

而我們都是凡夫俗子呵，難免多情。難免多情，謹記吸取教訓，下次小心。

只是如果

布宜諾斯艾利斯的華人超市播著小鄧的歌：如果沒有遇見你，我將會是在哪裡。日子過得怎麼樣，人生是否要珍惜。

動人得每個毛孔都在嘆息。而人在異鄉，感觸更多。

如果沒有遇見你的「如果」，陳述的是一種假設，所以種種從如果衍生而出的想法並不算成立吧。

但人類總喜歡揣測不能被成立的東西。人心總戀慕生命的另一種可能。

如果那天錯過那場朋友的聚會，如果稍微遲疑而決定不赴那個人的約，如果沒上這所高中而去了另一所，如果沒有選擇出國深造而留在家鄉與他廝守，如果拒絕了他的牽手他的吻，如果堅持只當朋友，如果沒有回那封電郵……

種種如果。太多如果。

如果沒有遇見你，我將會是在哪裡。其實自己總能回答這個問題：如果沒有遇見那個人，也會遇到另一個人，展開另一段感情，經歷類似卻截然不同的悲喜。直到某日那人因種種因素離去，靜夜悄然問自己：如果沒有遇見你，我將會是在哪裡。

攤開來看生命其實多麼諷刺的多麼公平。

有些人喜歡對別人說：如果沒有遇見你，我會怎樣怎樣，過得更好，不會傷得那麼深，不會淪落到如今這番光景，諸如此類的話。

每聽每駭笑。有些人就是可以理直氣壯把自己所有的失敗歸咎到別人身上，自己專心扮演受害者的角色。由他去吧，若人家要一輩子揹負失敗者受傷者的角色，任誰也沒辦法阻止。

經歷驚濤駭浪不見得就能刀槍不入，有句成語叫「百毒不侵」。但這世上何止百毒。

每一天都是變強壯變平靜的鍛煉。離開了學校，才明白人生有太多功課得用血淚用心碎寫。也才明白，如果，終將也僅止是如果。

則安

有個多年沒聯絡的仁兄說他要結婚了。我說真好啊恭喜你。他忽然嘆息了一下說：我希望妳可以找到一個好對象。

我難以置信的看著對話視窗，那廂他還在繼續悲天憫人的說：唉就好像父母對孩子的心情，孩子長大了，父母會依然擔心。接著又再重複了一次：我希望妳可以找到真正的幸福。

我笑得沒力，難以置信的問他：何以你覺得我不幸福不快樂，或者不是真正的幸福快樂？

真奇怪。這世界就有那麼一些人，似乎覺得自己成家立業有婚姻萬事足欸，就算得道升天能化身菩薩普渡眾生，硬要把別人也套入他們所認定的幸福。

真想不通。我如今的自給自足是招誰惹誰了呢。每每聽到旁人擔憂自己會想不開規勸別終老一生，「要敞開心門重新再愛」。

其實並非不愛，只是選擇把手抱在胸前或插在口袋。只是明白，愛情並非最終或者唯一嚮往。只是在明白愛情最好的結局是婚姻的同時，也看清最不堪的結局大抵是分手，或者回到最初的獨處。

之間經歷多少百轉千迴，如何沉寂平復，無須召告天下，只需對自己，好好交代。

所以，就有點糟糕又不錯的活著吧。之子不于歸，依然能「宜其室家」，亦能「終溫且惠，淑慎其身」。

所以呵一眾仁兄。讓你的夢想歸你的夢想，讓我的安寧歸我的安寧。一個人的閱讀書寫旅行絕不浪費社會資源之嫌，我也有納稅。

日安，孤單。

國中二年級開始，自己一個人去看電影。每回出門前會搬出早已不是好友的前好友名字告訴媽媽：我跟某某去看電影。然後一個人走一段路，到市區破舊的電影院。買了票，在電影院前的水果攤買飲料零食，然後入場，坐在木製椅子上看著螢幕旁掛著的深紅色天鵝絨帘子，聽著場內播放的廣東流行音樂。

看完《電子情書》那次，外面下著非比平常的大雨。被困著的我看著來往人群的傘陣，想著電影中梅格萊恩在電郵中對湯姆漢克斯說的一言一語。印象很深刻的是這句：

有時我會對自己的生命感到疑惑。我過著一個微不足道的生活。嗯，也並不微不足道，其實很充實。但有時我會想，是因為我喜歡，還是因為我不夠勇敢？那麼多我所見所聞，讓我聯想到自己從書中所閱讀的一切，到底，何時該全然翻轉？然而，我並不想要答案。我只是想把這個龐大的問題，丟給你。

因為隔著網路，所以能夠毫無保留，能夠放下現實生活的跋扈倔強，盡情傾吐內心的無助與孤單，這種交流讓人安心又親密。那是網路剛興起的年代，大家剛開始矇矇懂懂的用起電郵、進入聊天室等，網咖如雨後春筍一家接一家開，所有年輕人為之瘋狂。同學之間討論某個在聊天室認識的男生女生，猜度對方的模樣。彷彿網路只是另一個，通車一陣子就能抵達的城鎮。而網路是另一個世界，另一個大家願意掏出心來，在現實生活彼此面對面卻戴上面具的世界。

我沒趕上那波流行，依然習慣在八百字的方格稿子書寫，在午後的圖書館閱讀。上了大學因功課需要才買了電腦，才學會如何開電腦、上電子佈告欄、即時通訊軟體，開始學習打字、打電動。多年後的盛夏，我下載了《電子情書》的原聲帶，看著即時通訊軟體上幾乎所有聯絡人都顯示為離開或者忙碌，想著多年前那個安靜的下午那場突如其來的大雨，以及梅格萊恩在信中對湯姆漢克斯說的：這樣微不足道的生活，是因為我喜歡，還是因為我不夠勇敢？

而我如今的努力自足或刻意孤立，到底是我所喜歡的；抑或是我變得懶散，不再那麼勇敢的去懷抱所有可能會再臨到的失望、感傷、以及太無常的聚散？

我其實也不想要答案。

電影裡湯姆漢克斯問梅格萊恩：「我能幫上什麼忙嗎？」梅格萊恩回答：「你能幫上什麼忙嗎？我是希望你能的。」

我也希望，在我孤單脆弱的時候，有那麼一個人，能幫上什麼忙。而事實上有關生命，沒人能幫上什麼忙。在這個渺茫的城市，每個人都一樣。陪伴告一段落之後，感受的是自己，消化的是自己，解惑的是自己，也只能自己揚起腳步，穿越陽光微風細雨，微笑說一聲：「又見面了。日安，孤單。」

我是聽這首歌長大的

茶水間聽見同事對另一個同事說起昨天在唱片行遇到的趣事。同事在櫃檯付錢時，有個男人忽然直直衝向櫃檯，對銷售人員說：「我是聽這首歌長大的！我要現在播的這首歌的這張唱片！現在就要！」

同事說畢哈哈大笑。

我是聽著木匠兄妹的《昨日重現》長大的，父親還在家裡常放。不辭而別的幾年後，他託姑姑帶來一些禮物，姐姐及妹妹挑了樂高玩具跟娃娃，我從箱底撿起一個小小音樂盒，上了發條，傳出木匠兄妹的《昨日重現》。夜間放在耳邊，細細的聽，樂聲停止就轉動發條，一次又一次直到睡著。音樂盒在後來多次的遷徙及變故中解體然後遺落，如我理所當然解體的單純及消失的童年。

我是聽著這首歌長大的。而我已經長大。
傷懷的是昨天，時間在推進的是今天。難以避免的是某些欠缺，像清晨薄霧一般隨日出靜靜浮現，再在漸響的都市喧囂中默默散卻。

濾心伏特加

朋友來訪，帶一瓶俄產伏特加，調了白色俄羅斯。一又二分之一盎司伏特加，加四分之三盎司鮮奶油，及四分之三盎司咖啡香甜酒，攪勻倒入杯中，酒香滿室。配探戈音樂聊天，更添風情韻味。

某次轉機偶遇的中俄混血兒蘿拉說過：伏特加在俄文中意為「生命之水」。許多俄羅斯人認為伏特加具有某些醫療效果，常有父母拿棉花球沾點伏特加塗在孩子身上，據說可治發燒耳痛等大小病。大人們也以伏特加為藥，感冒喝伏特加加胡椒，胃不舒服則喝伏特加加鹽。蘿拉說，她那不知為何總是鬱鬱寡歡的鄰居太太，給嬰兒餵奶時加入伏特加，結果嬰兒酒精中毒兼喉嚨嚴重灼燒不治身亡。

螺絲起子是娘兒們喝的，真不曉得在紅個什麼勁；B52轟炸機比較有氣魄。蘿拉邊說，邊打開行李箱，裡頭擺著好幾瓶伏特加，都是在旅途中機場的免稅商店買的。幾張不同膚色的臉孔湊上來，紛紛打開行李箱，從琴酒、伏特加、蘭姆、到威士忌、白蘭地和龍舌蘭六大調酒基酒無一不缺，還不忘附帶檸檬、果汁及汽水，設想周到。

旅人們當場展開調酒大會，巡邏的警衛遲疑了一陣只叮囑別喝醉鬧事。妳呢有人問我。我喝酒，但不太買酒我回答。真是聰明的女孩兒，能不付出就別付出蘿拉笑嘻嘻的說。妳能對伏特加如數家珍，想必是酒廠之女我說。蘿拉說沒錯，但我恨死酒廠恨死我的俄國爸爸中國媽媽了，但是我喜歡中國菜、中國男子、還有俄羅斯傳統黑麵包跟伏特加。

天亮時我微醺的準備登機，蘿拉熱情的吻我祝我別墜機。口腔裡甜甜香香的味道讓我之後喝伏特加時，心中總浮現一陣奇異的溫柔。

偶會有這樣的深夜，有機會與坐在附近的陌生旅人交集。天亮時擁抱告別，並不留下聯絡方式。即使在下次的轉機碰到，也只會歡笑高呼：太有緣份了！然後談起分別之後的經歷，天亮了到機場的快餐店吃早餐喝咖啡。這樣的情形碰過幾次，更多時候，只是窩在自備的毯子裡，喝著販賣機掉出來的罐裝咖啡，聽著隨身攜帶或旅途中買的幾張光碟。

在旅途中很少拍照，僅有的幾張相片也只是零零落落的人及風景，技術不好常常失焦。許多年前在克拉科夫中央廣場拍攝街頭藝人，硬是被拖到小丑群中合照。照片洗出來，眾小丑張著紅色大嘴巴快樂得很，而我扁著嘴像是不情不願的小鬼。廣場胖乎乎的鴿子比我討喜得多。

曾脫離旅者及歸人的身份居留某處，曾再度展開旅程，如此重複又重複。蘿拉提過，伏特加由穀類蒸餾後必須經過過濾，去除所有味道；美國法律規定所有的味道與顏色必須徹底過濾。想來人心某層面來說也如是，經歷幫之刷去野退去嬌，以之無論在何處過何種生活都能安於。偶有瓶頸還感焦躁，沒關係，先去睡一覺，明早繼續濾心大業。

只是一些，舊情緒

各自從各自的舞蹈教室下課後，凱文來接我去吃宵夜，將近深夜電台ＤＪ不再聒噪，任慢歌一首又一首的唱。凱文說起他今天學了甚麼新舞步，我在木匠兄妹的歌聲中發起呆。

不知是何時開始或者怎麼開始的，我國一時，常在放學的午後到學校老師宿舍，找一個喜歡的英文老師。她會給我聽很多好聽的英文舊歌，木匠兄妹、佩姬李、帕蒂佩姬、茱迪加蘭等等。她並不給我解釋歌詞，我們只是並排坐在門前的小凳子上，聽著卡式收音機唱著一個又一個的故事。她說，有的故事，現在告訴妳妳也不懂。

次年她就辭職離開學校。她一向安靜，不太和其他老師交際，沒有人知道她的去向。

後來開始學華爾茲，國標老師放的音樂，大部分是當初英文老師給我聽過的。踩著舞步，數著一二三一二三，心內的腳步重疊上那些背著書包去找她的午後。印象中天氣總是極端，不是雲被壓得低低的陰天，就是悶熱得叫人捉狂。途中經過美術班的畫室，被歸類成有問題或怪咖的學生在畫花瓶、蘋果、橘子，偶爾有人在畫人像。我喜歡從百葉窗的空隙間偷看，那時我還不喜歡畫畫也不看畫，總是好奇為何除了花瓶蘋果橘子就沒有其他布景。經過球場、電單車亭，無須轉頭，就可以從男生的歡呼夾雜髒話中知道比賽戰況，從電單車發動引擎或行駛而過知道他們是生手或者老鳥。

有一段時間的那段時間，我曾極依賴自己的聽覺。現在想來，也好像只有那個時候，在那樣的空間當中，世界是那麼安靜。大概是因為心靜，即使心上有無數對蠢蠢欲動的翅膀，也因單純潔淨未怎麼沾染俗世塵埃而明澄安愉。入世多年，清掃心室是一個大工程，每掃一次就有數不清的灰塵雜質飛進眼睛鼻子口腔讓人難受不已，還有那時不時就一起發射攻擊的記憶碎片，總是能正中紅心呵。

我想英文老師是對的，當她說：有的故事，現在告訴妳妳也不懂。那麼多年以後，我懂了多一些英文，後來也懂了法文德文，懂得看詩寫詩看畫作畫，懂了多一些待人處事，懂了歌中唱的那些故事。卻不懂這個世界的規則與隨興，常常對自己的生命束手無策，只能渾渾噩噩的被時光之流往前推進。還不太確定自己年輕時雙目是否純真水靈，如今無須伸手就能感覺眼角魚在游動。

水跟純真都被歲月喝乾了。

凱文問我在想甚麼，我想說：有的故事，現在告訴你你也不懂。而我只是回答：沒什麼，只是一些，舊情緒。

電台那頭，佩姬李開始唱起《你是屬於我的》。這樣哀傷又深情的歌曲，只適合和情人一起跳華爾茲呵。

日出以前

分手之後，我搬遷到布宜諾斯艾利斯市的小秘魯，藥頭出沒賊贓流通等以阿根廷人標準而言僅屬小案件的氾濫之區。環境可想而知的不光鮮，房租情有可原的低廉。我的房間位於公寓一樓，房東在房內搭建一座木製平台，將活動空間切成生活空間在下寢室在上層，一座小小樓梯靠牆而立來盤旋通往。無需練舞表演的夜晚，我穿著鮮紅或艷橘或藏青粗麻褲或拼布百褶裙，坐在床上邊喝紅酒邊翻譯寫稿，累了或醉了睡去。

這樣讓我幻想自己是一個處在奮鬥狀態的窮文字工作者及舞者。垂敗又盛開，自然又有點後現代。

有日上完西文課，步行回家途中，看見一個畫家在街口邊作畫邊賣畫。他跟我說他剛被女友掃出門，所以在街頭討生活。但是希望我不要同情他，而是真的喜歡他的畫。我說我很喜歡啊，我只是一個住在閣樓的姑娘並沒有比較高尚。我向他買了兩張畫，一張白天，一張黑夜。白天那張，一個看不見臉孔的女子將長罐頂在肩膀上，行走在熊熊烈日前，一步一伐穩穩當當。黑夜那張，一個生著一雙銀色翅膀的女子倒影，仰頭抱膝坐在淅淅銀盤前，彷彿從天地萬物間汲取能量準備重新飛翔。我興高采烈的將兩張畫擺在閣樓一角，看著看著更有一股美麗失敗者的味道。

後來再也沒有看見那個畫家，至今已一週。也許是女友改變主意讓他回家。我願意這樣想的，朝好的方面來想。

指針被設計為繞著時鐘的數字行，事物也如此湧向它們該去的方向或化身它們應當成為的狀態。的確常感覺到孤單，扎在心上細細密密的刺痛，甚至疼得流眼淚，但不願付出任何代價換取短暫取暖及陪伴。

醒來又是另一日。醒來總是另一日。世事總這樣開始循環，我還記得什麼叫希望。

【我在光中沉睡，在暗裡緩醒。
塵是我的湖風是我的臉。
落枝是我的髮鳥鳴是我唇。
我的心是羅盤，我的手是舵。
我汲取火我融入成水。
你可以好奇可以張望但不要靠近我。
不要用你的不解風情吵醒我。
不要讓你的閒情來叨擾不要讓你的驕傲來爭奪，
不要以你的寂寞來探索不要以你的貪歡來下注。
你不要靠近我。

我是大地長出的植物。
我在賜予的時節自己開花自己繫果。
我在光中滅在暗裡生。有時是倒過來的時間。

時間裡影子沉隱成一隻蝴蝶。

何種捕獲都是誤會。

我是大地長出的植物是影子是蝴蝶是誤會。

你不要靠近我。】

（二〇一三年一月三十日，寫於巴拉圭）

釀文學183　PG1232

時間會告訴我的
——薇達散文集

作　　者　薇　達
責任編輯　劉　璞
圖文排版　周妤靜
封面設計　王嵩賀

出版策劃　釀出版
製作發行　秀威資訊科技股份有限公司
114 台北市內湖區瑞光路76巷65號1樓
電話：+886-2-2796-3638　傳真：+886-2-2796-1377
服務信箱：service@showwe.com.tw
http://www.showwe.com.tw
郵政劃撥　19563868　戶名：秀威資訊科技股份有限公司
展售門市　國家書店【松江門市】
104 台北市中山區松江路209號1樓
電話：+886-2-2518-0207　傳真：+886-2-2518-0778
網路訂購　秀威網路書店：http://www.bodbooks.com.tw
國家網路書店：http://www.govbooks.com.tw
法律顧問　毛國樑　律師
總 經 銷　聯合發行股份有限公司
231新北市新店區寶橋路235巷6弄6號4F
電話：+886-2-2917-8022　傳真：+886-2-2915-6275

出版日期　2015年5月　BOD一版
定　　價　250元

國家圖書館出版品預行編目

時間會告訴我的：薇達散文集 / 薇達著. -- 一版. -- 臺北市：釀出版, 2015.05
面； 公分. -- (釀文學；183)
BOD版
ISBN 978-986-5696-84-9(平裝)

855 104002491

讀者回函卡

感謝您購買本書，為提升服務品質，請填妥以下資料，將讀者回函卡直接寄回或傳真本公司，收到您的寶貴意見後，我們會收藏記錄及檢討，謝謝！
如您需要了解本公司最新出版書目、購書優惠或企劃活動，歡迎您上網查詢或下載相關資料：http:// www.showwe.com.tw

您購買的書名：______________________________

出生日期：________年________月________日

學歷：□高中（含）以下　□大專　□研究所（含）以上

職業：□製造業　□金融業　□資訊業　□軍警　□傳播業　□自由業
□服務業　□公務員　□教職　□學生　□家管　□其它_____

購書地點：□網路書店　□實體書店　□書展　□郵購　□贈閱　□其他

您從何得知本書的消息？

□網路書店　□實體書店　□網路搜尋　□電子報　□書訊　□雜誌
□傳播媒體　□親友推薦　□網站推薦　□部落格　□其他__________

您對本書的評價：（請填代號　1.非常滿意　2.滿意　3.尚可　4.再改進）

封面設計____　版面編排____　內容____　文／譯筆____　價格____

讀完書後您覺得：

□很有收穫　□有收穫　□收穫不多　□沒收穫

對我們的建議：______________________________

____

____

____

請貼
郵票

11466
台北市內湖區瑞光路 76 巷 65 號 1 樓
秀威資訊科技股份有限公司 收
BOD 數位出版事業部

（請沿線對折寄回，謝謝！）

姓　名：＿＿＿＿＿＿＿＿　年齡：＿＿＿＿　性別：□女　□男

郵遞區號：□□□□□

地　址：＿＿＿＿＿＿＿＿＿＿＿＿＿＿＿＿＿＿

聯絡電話：(日)＿＿＿＿＿＿＿＿　(夜)＿＿＿＿＿＿＿＿

E-mail：＿＿＿＿＿＿＿＿＿＿＿＿＿＿＿＿＿＿